星を見あげたふたりの夏

シンシア・ロード 著
吉井知代子 訳
丹地陽子 絵

A HANDFUL OF STARS
by Cynthia Lord

星を見あげたふたりの夏

1

サルマ・サンティアゴと話すことになったのは、わたしの犬がサルマのお昼ごはんを食べちゃったから。

人生はつぎからつぎに〝もしも〟がつづく長い道みたいって思うときがある。もしもラッキーの首輪がはずれなかったら、七月の終わりにブルーベリー畑を走りまわることにはならなかった。

「ラッキー！　だめ！　もどりなさい！　おやつ！」

ラッキーにわかる言葉をさけびながら追いかけた。どれかひとつでも耳にとまって走るのをやめてくれたら、つかまえられる。

「リード！　ベーコン！　ドライブ行く？　チーズ！」

ラッキーは黒いラブラドール・レトリーバー。年をとって、目が見えないのに、足はとてもはやかった。とくにここは畑とはいってもだだっ広い原野で、ぶつかるものがなにもないから、思いきりはやく走っていた。

メイン州のワイルド・ブルーベリーの木は低く、たけは三十センチくらい。とげとげした枝《えだ》をつけ、ぎっしりおいしげっている。ふくらはぎが枝にこすれてチクチクした。《ウィンスロップ・ブルーベリー農場　立入禁止《きんし》》の看板《かんばん》のまえを何度も走りぬけた。

農場の持ち主であるウィンスロップさんは日曜日に教会で見かける。いつもきちんとした服を着て、家族席にすわっている。もしいまウィンスロップさんがわたしを見つけたら、主《しゅ》の祈《いの》りを思い出してくれますように。「われらに罪《つみ》をおかすものをゆるしたまえ」そう祈《いの》りながら走っていた。でも目はあいたまま。だって目をとじたら、ラッキーがいなくなってしまいそうだから。

お願い！　止まって！　道に出ちゃだめ！　農場の大きなトラックが色とりどりのプラスチックの箱にはいったブルーベリーをたくさんつんで走ってきた。ラッキーがトラックにはねられるかもしれない。

急ブレーキの音がする。「おい！　畑にはいるんじゃない！」トラックの運転手にどなられた。

「犬がはいってしまったんです！」わたしは大声でいった。

もしも運転手が急ブレーキをかけなかったら、もしも運転手がどならず、わたしも大声で返事をしなかったら、その女の子はわたしがラッキーを追いかけていると気づかなかったかもしれない。目のはしっこにその子が見えた。長い黒髪《くろかみ》のポニーテールと、オレンジ色のTシャツが、ブルーベリーの収穫《しゅうかく》場所を区分けするひもをぴょんぴょんとびこえる。風のように畑を走りぬけ、持っていた道具を置くと、荷物の山からバックパックをつかんだ。そしてラッキーに近づき、バックパックからサンドイッチとポテトチップの袋《ふくろ》を出した。

わたしが「おいで」といっても、好きなものの名前をさけんでも、ラッキーはまったく耳をかさなかったのに、ポテトチップの袋《ふくろ》がガサガサとなる音にはすぐ反応《はんのう》した。

もしもその子がお昼ごはんをくれなかったら、ラッキーはそのままメイン州をかけぬけ、いまごろカナダに着いていたかもしれない。

わたしはようやく追いついたけれど、息が切れて声が出なかった。ラッキーにサンドイッチをくれた女の子にむかって、ぺこりと頭をさげるのがやっと。年はわたしと同じ十二歳《さい》くらいに見えた。ポニーテールからほどけた髪《かみ》の毛が顔にかかり、ほおには土がついている。でも、きれいな子。夏のあいだだけ出稼《でかせ》ぎにくる家族の子どもだろう。毎年たくさんの人たちが、メキシコ、フロリダなど、遠いところから、古いトラックやキャンピングカー、自家用車に乗ってやってきて、ブルーベリーを収穫《しゅうかく》する仕事につく。そういう子たちに話しかけることはないし、話しかけられることもない。仲よくなれるほど、ここに長くはいないから。

ラッキーが口のまわりについたピーナッツバターをなめているあいだに首輪をつけた。今度はちょっときつめにしめた。留《と》め金《がね》をとめてリードをつけおわるときには、女の子はもうブルーベリー畑へもどりかけていた。

「ありがとう！　サンドイッチをごめんなさい。全部食べさせるんじゃなかった」

わたしは大声でそういったけれど、犬が半分食べた残りなんて食べたくないよね。

その子は区分けされた収穫《しゅうかく》場所でほかの人たちにまざり、レーキでしげみをすくっていく。レーキというのはブルーベリーをとるアルミニウム製《せい》の道具で、ちりとりのまえに長くとがった歯がならんでついているみたいな形をしている。そのとがった歯を低いしげみにさしこんで、すくいあげ、実をうしろの箱の部分にころがして集めていく。体を使うきびしい仕事だと思う。そばにいる男の人がスペイン語でなにかいい、あの女の子がわらった。でも顔は下をむいたままで、レーキを動かし実を集める手を止めない。

わたしは家へと歩きながら、ラッキーをしかった。でもラッキーは自分が逃《に》げだしたことを悪いなんてこれっぽっちも思っていないようだった。

だってサンドイッチを食べられたのだものね。

ひさしぶりに外を思いっきり走ってすごく気持ちがよかったからかもしれない。目が見えない犬とは思えないほど全力で広い畑を走りまわっていた。

それともラッキーは人間にわからないことを感じられるのかもしれない。獣医《じゅうい》のキャッツ先生の話では、犬は目が見えなくなると、そのかわりにほかの感覚がするどくなるんだって。

それはほんとうかも。ラッキーはポテトチップの袋《ふくろ》の音を聞いたし、ピーナッツバターのにおいもかぎとった。

でもそれだけじゃないと思う。

もしもラッキーを追いかけてブルーベリー畑にはいらなかったら、あの女の子、サルマ・サンティアゴに出会うことはなかった。ラッキーは知っていたんじゃないかな。わたしたちにはサルマが必要だってことを。それも、サルマがわたしたちを必要とする以上に。

2

「もうちょっとましな子に育てたつもりだよ」その夜、おばあちゃんはわたしからラッキーが女の子のサンドイッチとポテトチップを食べた話を聞くといった。「リリー、なにか食べるものをわたしてきなさい。その子、なんにも食べていないかもしれないから」

「でも、メメール《おばあちゃん》、お昼の話だよ。いまごろ食べるものを持っていくなんて変でしょ。それに、どこへ行けばいいの。名前も知らないのに！」

「ペペール《おじいちゃん》がキャンプまでつれていってくれるから」

おじいちゃんはなにかいおうと口をあけた。でも、すぐにとじた。おばあちゃんはいいだしたら止められないハリケーンみたいだから、みんな、かくれてやりすごせってこと。

それがおじいちゃんの口ぐせ。

「今朝、ラモントさんがトゥルティエールをとどけてくれたんだよ。まだ店の冷凍庫《れいとうこ》にあるから、その子の家族に持っていきなさい」

「トゥルティエールって豚肉《ぶたにく》のパイだよ？　そんなものを持っていけって？　キャンプへ？　好きかどうか、わからないでしょ！　ベジタリアンかもしれないよ」

おばあちゃんはあごをひいて、めがねの上からわたしを見た。「じょうぶな袋《ふくろ》にいれてあげる。あのパイは重いからね」

「どうせ持っていくなら、パンとピーナッツバターでしょ。そしたらまたサンドイッチをつくれるもの」

「パンとバター？　ぜったいにだめ！　それじゃ、まるでその子が貧《まず》しいと思っているみたい。失礼よ」

「でも、あの子は貧乏《びんぼう》でしょう。ちがうの？」貧乏《びんぼう》だから、出稼《でかせ》ぎにくるのだと思っていた。お金がないから、どんなに遠くても、毎年仕事をしにこなくてはいけないのだと。

「タイガーリリー・マリー！」おばあちゃんがぴしゃりといった。

わたしは体がびくっとする。おばあちゃんがわたしの名前を省略《しょうりゃく》せずにこんなふうによぶのは、話はこれで終わりというときだ。わたしがきらいなこの名前を、おばあちゃんも同じくらいきらっている。

わたしが生まれた日、おかあさんが病院の窓《まど》から外を見ると、オレンジ色のタイガーリリー（オニユリ）が咲《さ》いていた。とてもきれいだったんだって。だからそのとき、タイガーリリーをわたしの名前にするって決めた。

その日、おかあさんが見たのがローズとかヴァイオレットとかデイジーならよかったのに。でも、おじいちゃんがいつもいうように、雨雲のうらには太陽がある。つまり、もっとひどい名前になってたかもしれないってこと。ブタクサとかね。

ドアへむかう足音を聞いてラッキーが立ちあがった。でもおばあちゃんはいった。「ふせ！きょうはもうこれ以上問題をおこすんじゃない」

ラッキーは窓《まど》の下にある自分のベッドにねそべった。しかったのがおじいちゃんかわたしだったら、ラッキーはおでこにしわをよせて最高に悲しい顔になり、クーンクーンと鳴いて、つれていってくれとねだっただろう。でも、おばあちゃんには通用しない。

ラッキーはもともとおかあさんの犬だった。おじいちゃんに聞いたんだけど、おかあさんはメインでは物足りなくて、高校を卒業するとボストンへ行き、そのあとフロリダ、そしてニューヨークへ行った。でもきっとどこへ行っても物足りなかったんだと思う。おかあさんはラッキーとわたしをつれてメインにもどってきた。

おかあさんが子犬と二歳《さい》の子どもをつれてかえってきたとき、おばあちゃんはなんていったんだろう。わたしはその場にいたわけだけど、その日のことも思い出せないし、二歳《さい》だったことすら思い出せない。じつは、おかあさんのこともおぼえていない。写真は見ているし、人から話も聞くけど、それだけ。わたしにとって、家といえば店の二階にあるおばあちゃんとおじいちゃんの家だ。わたしの知るかぎり、おかあさんはずっといないし、ラッキーは成犬だった。そしていまは老犬になった。

ラッキーの目が見えなくなってきたことに、なかなか気づけなかった。視力《しりょく》がおちていくのはゆっくりで、ふせぐ方法はないのだと、キャッツ先生はいった。でも親友に悪いことがおきているのなら、気づいて当然だったのにと思う。

「すぐもどってくるから」ラッキーにいい、おばあちゃんと一階の店へおりた。

そわそわするわたしの横で、おばあちゃんが冷凍《れいとう》のポークパイを紙袋《かみぶくろ》にいれた。

「気持ちのいい夜だから、歩いていこうか」おじいちゃんがいう。

がっかり。トラックで行けば、気まずくてもすぐに着くのに。おじいちゃんは必要なときしかトラックを使わない。ガソリン代は高いし、古いトラックだから。

「気をつけなさいよ」いつものようにおばあちゃんがいう。

ブルーベリー農場まではけっこう歩く。きょう二度も来ることになってよけいにそう感じる。おじいちゃんにおくれないように早足でついていった。町から出て、広い畑の真ん中をつっきる道をだまって歩いていく。いくつも立っている立入禁止《きんし》の看板《かんばん》のまえを通って、ウィンスロップ・ブルーベリー農場で働く人たちがくらすキャンプをめざした。

やがて、だだっ広い畑に青い小屋がならぶキャンプがぽっかりあらわれた。この景色を見るといつも、『オズの魔法使い《まほうつかい》』でケシ畑のむこうにエメラルドの都がぽっかりあらわれる場面を思い出す。ただしここにあるのは、エメラルドグリーンではなく青色の小屋と、オレンジ色の簡易《かんい》トイレだった。

畑の道の行き止まりに《来訪者《らいほうしゃ》は警備室《けいびしつ》で受付をしてください》と書いてあった。キャンプのなかへはいるのははじめてだ。ピクニックテーブルのまわりでタバコをすっている男の人たちの横を緊張《きんちょう》しながら通る。なかにはふりかえってこっちを見る人もいた。場ちがいだって思われているのかな。パイがはいっている袋《ふくろ》をブルーベリー用の空き箱がつんであるうしろにかくしてしまいたい。そしたら、こんなかっこ悪いお礼をわたさなくてすむ。

「ヒスパニックの子だったかい?」おじいちゃんが小声できく。

わたしはうなずいた。

「ミゲルにきけばわかるかもしれない。ミゲルなら英語を話せるしな」

出稼《でかせ》ぎの人たちはたいてい仲間どうしでかたまっているけれど、わたしのおばあちゃんとおじいちゃんとは知り合いになる。うちの店はキャンプの一番近くにあり、ほかの国や地《ち》域《いき》へお金を送れる店だから。出稼《でかせ》ぎの人たちは、メキシコやホンジュラス、カナダのケベックなど、遠くに残してきた家族に給料の一部を送るため店へ来る。わたしも店を手伝っているうちに、毎年働きにきてこの青い小屋にすんでいる人とすこしは顔見知りになった。たとえば、ノバスコシア州から来るミクマク族のチャールズ・ワビシー。あと、クリスマス・リースの工場で十二月まで働くペレス一家。ディエゴ・ペレスはいつも冬休みまえまで、わたしと同じ学校の同じクラスにいる。冬になってここを出ていくときに毎年お別れ会をする。そして、ミゲル。ミゲルはレーキの修理《しゅうり》が必要になると、いつも店でおじいちゃんにたのむ。

英語を話せる人はあまりいない。カナダから来た人はフランス語で話すこともある。うちの店でフランス語は問題ない。おじいちゃんは話しているとちゅうでフランス語にしたり英語にしたりできる。わざとじゃなくて、ときどきそうなっちゃう。だけど、スペイン語はわたしもおじいちゃんもあまり知らない。すこしだけ知っているなかで、いま使えそうなのはありがとうの意味のグラシアスしかない。

「ミゲルはいるかい?」おじいちゃんがピクニックテーブルのところでたずねた。黒いTシャツを着た人が、事務所《じむしょ》を指さした。事務所《じむしょ》は小屋より大きいけれど、色は同じ青色で、屋根のふちとドアや窓《まど》の枠《わく》だけ白くぬられている。

なかにはいるとすぐにミゲルを見つけた。机《つくえ》の横に立って、男の人が書類を書くのを手伝っていた。

「じゃまするよ、ミゲル」

ミゲルと男の人が顔をあげた。「アーマンド！　どうしたんだい」ミゲルが笑顔でいう。

おじいちゃんが説明してくれればいいのに、わたしのうでをそっとおした。「リリーをちょっと助けてやってくれ」

わたしは深く息をついてからいった。「きょう、わたしの犬が首輪がとれて逃《に》げだして、ここまで来たの。ブルーベリーを集めてた女の子がつかまえるのを手伝ってくれたんだけど、犬がその子のピーナッツバターサンドイッチを食べてしまって。わたしはお礼にサンドイッチを返したらっていったんだよ。でもメメールはサンドイッチよりラモントさんのポークパイのほうがいいと思うっていうの。だからパイを持ってきた」

説明になってないよね。だからなのか、ミゲルの横にいる人はまた書類を読みはじめた。

わたしの話を理解《りかい》するのはあきらめたみたい。

「名前を知らないので、どうやってさがせばいいのかわからないの」

「ブルーベリーをとっていた場所は?」ミゲルがきいた。

「道の近く」

「そうだね。でもどこの? 畑は収穫《しゅうかく》場所をひもで区分けしてあるんだ。場所を教えてくれたら、そこを担当《たんとう》している家族がわかるかもしれない」

「いっしょに来て」

わたしはミゲルとおじいちゃんと、書類を書いていた男の人といっしょに歩きまわり、やっとここだと確信《かくしん》がもてるところに来た。

「たぶん、サンティアゴだな。57番の小屋だ」ミゲルは青い小屋がならんでいるほうを指さした。「娘の名前はサルマ」

体が動かない。おばあちゃんに口でいうのと、じっさいにサンティアゴさんの小屋をたずねてパイをわたすのとはまったくちがう。

「おいで。紹介《しょうかい》してあげよう」ミゲルがいった。

すこし気が楽になった。おじいちゃんとわたしはミゲルのあとについて、キャンピングカーやトラックの横を通り、たくさんの青い小屋のあいだを歩いていった。ピクニックテーブルを置いてる小屋や、ドアの横に箱やクーラーボックスを置いてる小屋もある。57番と58番のあいだの土の道にフロリダのナンバープレートがついた緑色の古いピックアップトラックがとまっている。ゴミ箱はふたをしばって、アライグマやクマやカモメにあらされないようにしてあった。

ミゲルがドアをノックした。わたしはすごくドキドキした。ドアのすきまから黒い口ひげをはやした男の人が顔を出し、わたしたちを見るととまどったようすだった。ミゲルがスペイン語で話し、男の人は「サルマ?」といった。

ミゲルがうなずいた。「エドゥアルド、こちらはアーマンド・デュモンだ。町で奥《おく》さんのマリーといっしょになんでも屋をやっている」英語だった。「それから、こちらが孫のリリー」

「どうも、はじめまして」

おじいちゃんがあいさつをすると、男の人は英語でいった。

「なかへどうぞ」

よかった。ちょっと英語を話せるんだね。わたしはなかへはいると、部屋をじろじろ見てしまった。小屋は外から見ると、明るい青色のかべに、白くぬられた窓枠《まどわく》やドアの枠《わく》がかわいく、人形の家みたいだった。でも部屋のなかはむき出しの板で四方をかこまれ、天井《てんじょう》の木材は丸見え。帽子《ぼうし》やシャツがくぎにかけてあり、板のかべのまえに二段《にだん》ベッドがふたつならんでいる。反対側のすみにはテーブルといす。ひとつのいすに茶色の長い髪《かみ》の女の人がすわっていた。その人はわたしたちがはいっていくと立ちあがり、ジーンズをさすった。テーブルに置かれたラジオからひかえめな音が聞こえる。ラジオの横にはペーパータオルと四リットルははいりそうな大きな水入れがあり、トランプがふせてある。ゲームのじゃまをしたかな。

「こちらがロサ・サンティアゴ」ミゲルが女の人のほうをさしていう。「それから娘のサルマ」

サルマは二段《にだん》ベッドの下の段《だん》でひざをかかえてすわっていた。

わたしは紙袋《かみぶくろ》のはしっこをぎゅっとにぎる。笑顔《えがお》だよ――自分にいった。

「こんにちは」サルマは立ちあがって、おなかのまえでひじをかかえた。「犬はどうしてる？」

「だいじょうぶ」わたしは深呼吸《しんこきゅう》してからいった。「お礼をいいたかったの――グラシアス。わたしの犬にお昼ごはんをくれてありがとう。あなたがいなかったら、つかまえられなかったと思う。あの子、目が見えないんだ。だから森にはいってしまったらこまったことになってた。家ではどこになにがあるかおぼえてるから、物にぶつかることはないんだよ。もちろん人間のほうがうっかり忘《わす》れて、物を動かしたら別だけどね。あんなスピードで走って木にぶつかってたら、ぜったいけがをしてた。それで……あのね、すごく悪かったなと思ってるの。お昼ごはんを食べられなかったでしょう。ラッキーが食べてしまったから。かわりに食べてもらいたいものを持ってきた。メメールがこれがいいんじゃないかっていうの。フランス語でトゥルティエールっていうんだけど、お菓子《かし》のパイじゃなくて、ごはんにするパイ。ポークパイ。ベジタリアンじゃないといいんだけど」

サルマのおかあさんがスペイン語でなにかいって、サルマがなにかこたえた。

なにを話しているか、わかったらいいのに。こんなことをいわれているんじゃないかと不安になる。

——この変な子はだれ？　いったいなにがしたいの？

——わけがわかんない。なんだか、パイのことをいってる。

「ラモントさんがつくったの。けっこう有名なんだよ——えっと、ポークパイの世界でね」

ポークパイの世界ってなんだよ。だまれ、わたし。

「百八十度のオーブンで四十五分焼いてください。うらに調理法が書いてあります」おじいちゃんがいった。

そのとき、小屋に台所がないことに気がついた。テーブルの横のプラスチックケースには箱や缶《かん》にはいった食品がつめこんである。ガスレンジもない家族に焼かなきゃ食べられないものを持ってきてしまった。パイをいれておく冷蔵庫《れいぞうこ》もないよ。わたしはだれとも目をあわさないようにして、パイをそっとテーブルの上のトランプの横に置いた。「とにかく、グラシアス、ね」緊張《きんちょう》して変な発音になった。

サルマはスペイン語でおとうさんとおかあさんになにか話していたけれど、わたしが帰ろうとすると英語でいった。「有名なポークパイをありがとう」

からかってるの？　でもふりかえると、サルマはいやみなつくりわらいなんてしていなかった。両手をおろして、にっこりわらっていた。

わたしも今度は「笑顔《えがお》だよ」と心のなかでいわなくても、自然にわらいかえせた。

「犬がぶじでほんとうによかった」

「うん。あなたのおかげ。っていうか、あなたとサンドイッチのおかげ」

「ポテトチップのおかげもね！」

おとなたちはなにがおかしいのかわからなかっただろう。でもサルマとわたしは人生で最高の冗談《じょうだん》みたいに大わらいした。

おじいちゃんとキャンプを出たあとも、すこし歩いてはふりかえって、57番のドアのまえに立っているサルマに手をふった。

サルマも見えなくなるまで手をふりかえしてくれた。

3

つぎの日は朝はやくから、二階でおばあちゃんを手伝ってブルーベリーパイを焼いた。おじいちゃんは一階の店をあけ、コーヒーをわかして、朝一のお客さんたちをむかえる。

夏のあいだ店は大いそがしだ。でも夏には青と緑のブルーベリー畑が、秋になって真っ赤になると、お客さんはだんだんへってくる。雪がふる冬にはもう地元の人とスノーモビルに乗る人がときどき来るだけになる。

だから六月から十月のはじめまでにできるだけかせがなくちゃならない。この期間は店のドアにつけたベルがひっきりなしに鳴る。お客さんはいろいろ。ブルーベリー畑で働く人のほか、カナダから南へドライブをしている観光客や、北にむかってドライブをしているアメリカ人の観光客、夏休みの旅行中の人、道にまよって教えてほしい人、あとはもちろん地元の人も。

おじいちゃんはよく「世界はいろんな人たちでできている」っていう。この町にはうちの店しかないから、いろんな人がみんなうちに来る。よく売れるのはブルーベリーのパイとマフィン。だから、おばあちゃんとわたしはせっせと焼くわけ。

食事のときや料理をするとき、ラッキーは台所のテーブルの下でねそべっている。いいものがおちてくるかもしれない、ラッキーのお気に入りの場所だ。期待をうらぎらないように、わたしはおばあちゃんがうしろをむいたすきにブルーベリーを一個、テーブルからわざとおとした。

ラッキーは見えなくても、カモメがフライドポテトをとるみたいに、おちてきたブルーベリーにとびついた。黒くキラキラしていた目は、青みがかった灰色《はいいろ》になった。こんな目、ラッキーらしくない。だれかがキラキラの黒い目をとりあげて、かわりに石をいれたみたい。

「このごろハンナを見かけないね。どうしてるんだい?」おばあちゃんが白髪《しらが》まじりの毛をかきあげる。

わたしは肩《かた》をすくめた。「たぶん、おとうさんの手伝いかな」

「電話をしてみた？　だって――」

「あとでするよ」わたしはあわててこたえた。最近はハンナと遊んでもあまり楽しくないんだっていいたくなかった。仲がよかったときを思いかえすと悲しくなるんだって知られたくなかった。

はじめて幼稚園《ようちえん》に行った日、ハンナと仲よしになった。おやつの時間にチョコクッキーをくれたのがきっかけ。それからずっといつもいっしょにいて、おじいちゃんからは「ふたごみたいだな」っていわれてた。

でも去年、五年生の終わりくらいから変わってしまった。どうすれば元通りになるのだろう。最初はちょっとした小さなひびだったのが、どんどん大きくなっていくみたいだった。気がつけば、いつもいっしょのふたごはひとりきりになっていた。ハンナとしていた遊びはいまも大好き。自転車に乗ったり、ハイキングに行ったり、泳いだり、ラッキーと遊んだり。でもハンナはそういう遊びがもう楽しくないみたい。いまはとにかく、教会で見かける男の子に秘密《ひみつ》で恋している話ばかりしたがる。秘密《ひみつ》といっても、知らないのはその男の子だけなんだけど。通っている教会がちがうので、わたしはハンナの〝ステキなブランドン〟には会ったことがない。それにしても、ハンナのブランドン話を半分だけでも本人に聞かせたらどうだろう。とっくにうんざりされているんじゃないかな。

台所にあまいかおりを充満《じゅうまん》させて、ブルーベリーパイが焼きあがった。四個ずつ一階の店に運べるように、おばあちゃんがバスケットにいれる。

「ラッキー、おいで。店に行くよ」

「ラッキーはここにいなさい」おばあちゃんはいったけど、ラッキーはもうドアでわたしを待っていた。うれしそうにふるしっぽが、そばを通るおばあちゃんのスカートのすそにあたる。でもラッキーにはおばあちゃんのしかめっ面《つら》は見えない。

おじいちゃんはおばあちゃんのことを「あきれるほど合理的」という。とにかく意味があるもの、きちんと働いているものが好きだってこと。ラッキーはそれにあてはまらない。農場の動物みたいにお金になる仕事はしない。おばあちゃんにとっては、ラッキーをかう意味がない。

でも、おばあちゃんがラッキーを好きじゃないほんとうの理由は、おかあさんが死んだのはラッキーのせいだと思っているからだ。おばあちゃんとラッキーのことでけんかをした夜、おかあさんはドアを乱暴《らんぼう》にしめて出ていった。あとには、世界を飲みこむほど大きな穴《あな》がぽっかりとあいた。

おじいちゃんとわたしはラッキーが大好き。そうじゃなかったら、おばあちゃんはラッキーをとっくにだれかにあげていたと思う。おじいちゃんは「多数決の勝利」っていうんだ。おかげでラッキーはうちにいる。

おばあちゃんが先に下へおりられるように、わたしは二十五まで数えてから、ラッキーにもう一回声をかけた。「ラッキー、おいで。店に行くよ」

階段《かいだん》ではわたしがいつも先に行く。ラッキーはわたしの足音を聞いてついてくるほうが、なにもないところに足を出すよりのぼりおりしやすいから。

一階におりると、おばあちゃんはチャールズ・ワビシーの相手をしていた。チャールズは缶詰《かんづめ》の豆とトマトソースを買っている。わたしはブルーベリーパイのはいったバスケットをカウンターのうしろに置いた。どのパイをショーケースにならべて、どのパイを冷凍庫《れいとうこ》にいれるかは、おばあちゃんが決める。わたしはラッキーをコーヒー台の横にあるテーブルにつれてきた。

うちの店はなんでも屋さんだ。あれもこれもすこしずつあって、結局なんでもそろっている。キャンディ、おみやげ、地元の食品、工芸品、園芸用品、自動車用品などなど。レジの上にはこんなことを書いてある。《ここにないものは、あなたには必要ないものです》

でも、たいてい、ないものなんてない。

そういう店なので、においもいろいろまざりあう。せっけんや香油《こうゆ》、店のすみでわかしているコーヒーのかおり。わたしが店にいるときは、木材や絵の具のにおいもする。わたしはおじいちゃんがつくったハチの家に絵をかく仕事をしているから。作業はいつもコーヒー台の横の小さなテーブルでする。ここならお客さんたちがしゃべる町のニュースが全部耳にはいってくる。

ハチと聞いたら巣に群《む》れてすむミツバチを想像《そうぞう》する人が多いだろうけど、このハチの家はツツハナバチ属《ぞく》のメイソンビーのためのものだ。メイソンビーは群《む》れにはならない。メイソンにすむ体の小さなハチ。ミツバチは力をあわせて働くけど、メイソンビーはほかのメイソンビーが近くにいてもべつべつに働く。体の色もミツバチは黄色と黒色だけど、メイソンビーは青いんだよ！　ブルーベリー畑や庭をとびまわり、わきめもふらず花粉《かふん》を運ぶハチ。穴《あな》にすむハチなので、おじいちゃんはぶあつい本のような板のせまい面にドリルで小さな穴《あな》をたくさんあけてメイソンビーの家をつくる。わたしがそれにステンシル※で絵をかく。かわいくしているのに、おじいちゃんは「ハチが目をまわす」っていうんだよね。

ハチの家が売れたら、おじいちゃんは材料費だけとって、残りのお金をわたしにくれる。わたしはそのお金をラッキーの目をまた見えるようにする手術《しゅじゅつ》のためにためている。手術《しゅじゅつ》代《だい》は高いので時間がかかりそうだけれど、おじいちゃんがいつもいうように「ちりもつもれば山となる。しずくがあつまり海になる」だよね。

わたしのステンシルは三種類。ブルーベリーと青いハチか、緑の草にピンクの花か、カエデの葉っぱをまるくならべるか。カエデは赤色、オレンジ色、黄色、茶色でぬる。緑のカ

※模様《もよう》や文字を切りぬいた型紙。上から色をつけたあと型紙をはずす。

エデよりよく売れるから。

きょうはどれにしよう。ステンシルの型を見つめながら、おばあちゃんのいうとおりかもしれないなと考えていた。ハンナに電話をしたほうがいいのかも。そうしたいと、ちょっと思う。

「コーヒー台の横にいるよ。リリー！」おばあちゃんの声が聞こえた。

目をあげるとレジの横にサルマ・サンティアゴがいた。

わたしがあわてて立ちあがったので、テーブルの下にいたラッキーが目をさまして、ほえた。

「しーっ」首輪をつかむ。「だいじょうぶ。びっくりしただけ」

「こんにちは。ポークパイ、おいしかったよ。みんなで食べた」サルマが歩いてきて、紙でつつんだものをテーブルに置いた。「これ、ママから。ブルーベリー・エンチラーダだよ」

わたしは思ったことをすぐいってしまった。「オーブンがないのにどうやって焼いたの？」いってから顔が熱くなる。気を悪くしてないかな。

「キャンプには台所があるんだ。みんなが使える台所だよ。ママはそこでなにか焼いて売ることもある」サルマはなんでもないみたいにいった。

サルマが食べてみてほしそうだったから、わたしはつつんである紙をあけた。きっちりと巻《ま》かれたエンチラーダはまだ温かかった。まずは味見に、はしっこをすこしかじった。とろりとあまくて、ブルーベリーパイに似《に》ているけれど、ちょっとスパイスもきいてる。

「すごくおいしい！」サルマの目のまえでひとりで食べるのは変だなと思って、コーヒー台からナプキンとマドラーをとってきた。「半分こしよう」

マドラーでエンチラーダを切っていると、サルマがラッキーの頭にさわった。

ラッキーはとびあがり、テーブルにぶつかった。

「先に名前をよんでやって。なでてもらうのは好きなんだけど、いきなりさわられるとびっくりするから」

「ラッキー、こんにちは」サルマはやさしくいってから手をのばした。

ラッキーはサルマの指のにおいをかぐと、うれしそうにしっぽをふって床《ゆか》をパタパタと鳴らした。

「おぼえているみたいね」わたしはサルマにエンチラーダを半分わたした。

サルマはすこしちぎってラッキーの鼻の先にさしだした。ラッキーはクンと一回においをかぐと、あっというまに丸のみした。

「あたしも犬をかってたんだ。真っ白の犬で、名前はルナ。ルナは月のことだよ。月みたいに、暗やみでもちゃんと見えるから」

「ラッキーは正反対。暗やみにとけこんで見えなくなっちゃう。夜、起きたとき、気づかずにつまずいたことがある」

「ルナがいたらラッキーと友だちになれたかもね」サルマはにっこりした。

わたしは首をふった。「ラッキーはほかの犬と遊ばせちゃだめなの。相手がよろこんでいるのか、おこっているのか見えないから。変なことをして、けがするかもしれないでしょ」

「見えなくても聞こえれば、わかるんじゃないかな」

「そうかもね。でもわからなかったら?」

サルマがラッキーの耳をなでてやると、ラッキーは舌《した》を出してサルマの指をなめようとした。「また犬をかいたいな。でもうちの家族は家にいないときが長すぎるからむりだって、パパがいうんだ」

悲しいことをきいて傷《きず》つけたらいやだなと思ったけれど、やっぱり気になった。「ルナはどうしたの?」

サルマはわたしのほうを見ずに、ラッキーの耳をなでていた。「去年の夏、家をはなれているあいだ、おばあちゃんの家にあずけたんだ。ルナはフェンスの下の地面をほって逃《に》げだした。わたしたちに会いたくて家にもどったんだと思う。でも家にはだれもいなかった。白い犬を見るたびに、ルナじゃないかと思う」

ラッキーはサルマがなでやすいように、ひざにあごをのせた。

ラッキーに会えなくなったらと考えただけで胸《むね》がいたくなった。「あのとき、サンドイッチで止めてくれなかったら、ラッキーもいなくなっていたかもしれない」

サルマはうなずいた。「だから大急ぎで走ったんだよ」

知っている子のなかに、大切なだれかをなくした子はあまりいない。いつもわたしだけだった。いなくなっただれかを恋しく思う気持ちがわかる子に会えてうれしい。

「ラッキーはフロリダから来たんだよ。おかあさんはわたしが生まれるまえフロリダにすんでたの」

「ラッキー、フロリダから来たんだね。あたしと同じ」サルマはそういってから、ラッキーにスペイン語で話しかけた。やさしくて、心地よいひびき。

ラッキーは軽くとびはね、前足をサルマのひざにかけた。サルマのスペイン語がわかったのかな。それとも、声から友だちだって感じたのかな。どちらもちがうなら、犬にしかわからないなにかがあったのかも。

サルマはラッキーの胸《むね》をさすりながら、絵の具とハチの家を見た。「なにをしてるの?」

「メイソンビーの家に絵をかいているんだよ。メイソンビーっていうのは、小さな青いハチで穴《あな》のなかにすんでるの。ペペールがハチの家をつくって、わたしが絵をつけてる。わたしの絵でハチが目をまわすって、ペペールはいうんだよね。できたハチの家を店で売って、売れたお金はラッキーの目の手術代《しゅじゅつだい》にしようと思ってためてるんだ」

「ラッキーの目はどうしたの？」サルマがエンチラーダをまたちぎって、鼻先にさしだすと、ラッキーはぱくっと食べた。

「白内障《はくないしょう》っていう病気なの。目が白っぽくなってるでしょ。獣医《じゅうい》さんがいうには、まだ影《かげ》が動くようには見えているんじゃないかって。でもじっさいはどうだかわからないよね。メメールは手術代《しゅじゅつだい》が高いだろうし、ほんとうに治るかわからないし、目が見えなくても犬は順応《じゅんのう》できるっていうの。でもわたしが自分で手術代《しゅじゅつだい》をはらえば、メメールもだめっていえないでしょ」

サルマが絵筆を手にとった。「あたし、絵が得意なんだ。手伝うよ」

「ほんと？　じゃ、お願い」手伝ってもらえるのはうれしい。「ラッキー、おりなさい」サルマがステンシルを選べるように、ラッキーをサルマのひざからおろした。「ブルーベリーか、花か、葉っぱか、どれがいい？」

「花にする。でもステンシルはいらない」サルマが絵の具箱に手をのばした。そしてカエデに使うオレンジと、草の緑、花のピンクの絵の具を出したので、わたしはおどろいた。

「全部いっしょに使うつもり？」

「きれいだよ」サルマはハチの家の板に鉛筆《えんぴつ》で線をひき、六つのマス目をかいた。それからマスのなかに絵の具をぬりだした。上の段《だん》は緑とピンクとオレンジ。下の段《だん》は青、赤、黄色。

客のピーズリーさんがコーヒー台にやってきた。こちらをちらっと見るとうしろへ一歩さがった。それはサルマが色とりどりにぬったハチの家を派手《はで》ねえと思ったせいなのか、サルマがわたしの作業テーブルにすわっていることにおどろいたせいなのか、わからなかった。

そのうちに絵の具がかわいた。サルマは緑色のマスにオレンジの丸をかき、そのまわりにピンクの花びらをつけ、真ん中に黄色の点点をかいた。花はマス目からはみだしそうなほど大きく、くっきりした色で大胆《だいたん》だった。ピンクのマスには緑色の丸と黄色の花びら、そして真ん中にブルーベリーに使う青色で点点をかいた。

サルマがかいたハチの家はわたしのとはぜんぜんちがった。だけど、なんていえばいい？

「うちから絵の具を持ってくればよかった。でもこんなに長く帰らないなんて思ってなかっ

たんだ。毎年メインに来る家族が今年は来れなくなって、かわりに仕事をゆずられた。だからあたしたち、ペンシルベニアにいたんだけど、家にはもどらないで直接《ちょくせつ》ここに来た。メインは思ったほど寒くないんだね。そうだ、まだ灯台をひとつも見てないんだよ！　メインの絵葉書にはかならず灯台がうつっているのに。どこにあるの？」

「メインが寒いのは冬だけ。灯台はたくさんはないし、島にあるものだよ。岬《みさき》まで行かないと見られない。それとも、ボートに乗って海から見るか」

「そうなんだ」サルマはオレンジのマスに青い丸とピンクの花びらをかいた。

ちょっと歩けば道の角にでも灯台があるとサルマが思っていたみたいでおもしろかった。でも、はじめて来た場所なのだから、そんなふうに思うのかもしれない。わたしは自分のステンシルにとりかかり、ピーズリーさんはコーヒーをいれた。ラッキーはサルマの足の甲《こう》に頭をのせてねていた。

絵をかきおわり、わたしはハチの家をテーブルの上のたなにならべた。絵の具がよくかわくように外にむけて置いた。たなのまえを通る人は四つのハチの家が目にはいる。三つはわたしがステンシルでかいたブルーベリーとハチの絵の家で、もうひとつはサルマがかいた色が爆発《ばくはつ》しているパワフルな花の絵の家。

「サインをいれたほうがいいよ。画家は自分の作品にサインをいれるんだ」

わたしは花の絵にばかり目をうばわれ、下のほうのすみに小さくＳＡＬＭＡと書いてあるのに気づいてなかった。

「わたしのはステンシルでかいただけだもの」わたしはハチの家の横に紙を置いた。《こちらはただいま乾燥中《かんそうちゅう》。メイソンビーの家は園芸用品売り場にたくさんあります》

サルマはうしろにさがってハチの家を満足そうにながめた。「あしたブルーベリー畑の仕事が終わったら、また絵をかく手伝いにくるよ。ハチの家がたくさん売れれば、ラッキーの目を手術《しゅじゅつ》するお金がたまるんだよね」

わたしは本心をいいかけて、やっぱりいえなかった。ほんとうはハチの家をこれ以上むだにできないと思っていた。サルマの絵はハチが目をまわして気絶《きぜつ》までしそう。これが売れるとは思えない。色とりどりでにぎやかすぎる。あんなのを自分の庭に置きたい人なんている？　ハチだってこわがりそう。

　でもサルマのことは好き。また来てほしいと心から思った。だから「グラシアス」とだけいって、絵の具がかわいたら、サルマの絵の上からぬりなおすつもりだってことはだまっていた。

4

朝になって一階の店におりていくと、サルマのハチの家が消えていた。乾燥中《かんそうちゅう》と書いた紙はある。わたしのハチの家は三つとも昨日置いたときのままだ。でもサルマのだけない。

コーヒー台ではケイレブとジェイコブがコーヒーをいれている。ケイレブが砂糖《さとう》をいれながらいう。「そうだと思ったよ。最初から町がちゃんとしていれば――リリー、おはよう――こんなことにはなってないさ」

「やあ、ラッキー」ジェイコブはラッキーの頭をなでてから、マドラーをとった。「いっただろう？　金をけちるから、結局、倍の金がかかっちまうことになる」

わたしはラッキーをテーブルの下にすわらせ、店の入り口へ行こうとふりむいた瞬間《しゅんかん》、ケイレブにぶつかりそうになった。

「リリー、あぶない！　熱いぞ」

おじいちゃんはレジで、牛乳を買うパトニーさんの相手をしていた。こういうときいつもはじゃましないんだけど。「ペペール、乾燥中《かんそうちゅう》のハチの家がひとつなくなってるよ。どこかに持っていった？」

おじいちゃんは笑顔《えがお》になった。「ハチがひっくりかえって目をまわしそうなあれだろう？売れたんだよ！」

わたしは口がぽかんとあいた。「売ったの？　だれに？」

「よい一日を！」おじいちゃんはまたパトニーさんと話している。「ご友人にバーハーバー観光を楽しんでもらえるといいですね。はやめに行ったほうがいいと教えてあげてください。午後は駐車《ちゅうしゃ》場所をさがすのがたいへんなんです」

わたしはパトニーさんが出ていくまで口をぎゅっととじて待った。でもドアのベルが鳴るともうがまんできなくなった。「だれがあのハチの家を買ったの？」

「知らない女の人だよ。通りがかりの観光客だ。ガソリン代をはらいにきて、目立っているハチの家を見つけたんだな。どうしてもほしいっていうんで、絵の具がかわいているか見たら、もうかわいていたから」

「ほかのも見せた？　園芸用品売り場のところに置いてあるでしょ」

「見せたさ。しかし興味があるのは、あの派手《はで》な家だけだったよ。芸術《げいじゅつ》だっていってね」

わたしのは芸術《げいじゅつ》と思ってもらえなかったんだと、ちょっとくやしかった。でも、売れたことにかわりない。お金をもらえるのは助かる。

三時になると、わたしより先にラッキーがサルマに気がついた。においがしたのかもしれないし、足音でわかったのかもしれない。テーブルの下でしっぽがトントンと床《ゆか》にあたる音がした。

「ラッキー、来たよ！」サルマが頭をなでると、ラッキーはよろこんでしっぽをふった。うれしくて舌《した》までぶらぶらさせている。

「きのう絵をかいてくれたハチの家が売れたよ。まだ乾燥《かんそう》のたなに置いてあったのに、ペペールが売ったの。女性のお客さんがものすごく気にいって買ったんだって」

「よかった！　朝、畑で仕事をしていたら、青色の小さなメイソンビーを見たよ。だからきょうはハチをかきたい気分」

わたしは青い絵の具をさしだした。ところがサルマは「ありがとう。でも、それはいらない。ピンクのハチだから」といった。

ピンク？　わたしはまた口がぽかんとあいた。サルマはもうピンクの絵の具を出している。ひとりのお客さんがあのきてれつな色の家を買ったからって、もうこれ以上売れるわけない。花はいろんな色でもいいけど、ハチは――「ピンクのハチなんて見たことあるの？」

サルマはうなずいた。「もちろん。空想で。想像《そうぞう》するの、好きじゃない？」

「ときどきはするけど」わたしはそっとこたえた。おかあさんがうしろにいてくれるって想像《そうぞう》するのは好き。ほかの人には見えないの。ときどき耳もとでささやいてくれる。学校でよい成績《せいせき》をとったときは「よくがんばったね」とか、教会に行くためにおしゃれをしたときは「生まれた日のタイガーリリーと同じくらいきれいよ」とか。おばあちゃんはそんなふうにほめてくれることはない。心のなかでは思っているのかもしれないけどね。

わたしは筆を手にとった。「ピンクのハチは想像《そうぞう》したことない」それもオレンジのしま模様《もよう》がついてるなんて。

「あたしはいつも想像《そうぞう》してる。想像《そうぞう》しながらだったら、退屈《たいくつ》せずに仕事をつづけられるから。ブルーベリーの収穫《しゅうかく》は単調な重労働なんだよ。暑い日は仕事が終わるころには全身が汗《あせ》でベタベタ」

わたしたちは顔を見あわせてしかめ面をする。

「でも空想なら、人生はどんなふうにでも自分が望むとおりになる。だからいまよりいいように想像《そうぞう》するんだ。きょう仕事してるときはね、あたしはお姫《ひめ》さまで、ほんとうはあのブルーベリー畑は全部あたしのものだって想像《そうぞう》してきた。でも悪の女王にのろいをかけられたせいで、みんなは女王のためにブルーベリーつみをしなくちゃいけない。ねえ、きらいな仕事をひとついってみて。どんな想像《そうぞう》をすればいいか教えてあげる」

「そうだなあ」わたしは最悪な仕事を考えた。「外で犬のフンをひろうことかな」

サルマがわらった。「それはキツイね。ひろっているのが、なにかとってもすてきなものだって想像《そうぞう》するのはどう？　たとえば貝がらとか。宝物とか。イースターエッグとか」

「ウンチがイースターエッグ？」ふたりで吹《ふ》きだした。

「やっぱり、おかしいか。でも、いいたいことはわかったでしょ」

サルマはピンクとオレンジのハチの横に青色でデイジーをかいている。どうしてこういう色を選べるんだろう。しかもこの色でぴったりだと自信を持てるんだろう。

わたしはハチの箱にはりつけたブルーベリーのステンシルを見る。葉っぱを赤くぬってみようか。ちょっと変化をつけちゃう？　でも葉っぱが赤色だったら、秋のブルーベリーということになる。秋には実がない。このステンシルは実があるから、赤い葉っぱはおかしい。

わたしは緑の絵の具をとって、葉っぱをぬりはじめた。

5

キャッツ先生はよく、獣医《じゅうい》になったのは運命だったという。名前がキャッツ《Katz》だからキャッツ《Cats》が好きだろうと期待される。ほんとうに猫《ねこ》が好きだったのでよかったよね。それに犬も子ども好きだったから、わたしとラッキーにとってもよかった。

先生にはタイガーリリーってほんとうの名前でよばれるんだけど、ゆるしちゃう。先生がよぶと、きれいに聞こえるから。

先生はおかあさんと同じ高校に通っていた。だから、おかあさんの話をしてくれるときもある。わたしはどうしてだか、先生になら思い出して悲しくなるようなこともたずねられる。去年、ラッキーの目が白くくもってきたときには、先生はわたしの肩《かた》をだいていった。

「だいじょうぶよ、タイガーリリー。犬は目が見えなくても、うまくやっていけるの」

だけど、それから考えているうちに、わたしはラッキーにうまくやってほしいわけではなく、見えるようになってほしいと思うようになった。先生に相談すると、動物の目を手《しゅ》術《じゅつ》するお医者さんと友だちなので、手術代《しゅじゅつだい》がいくらかかるかたずねてみるといってくれた。

「でも、手術《しゅじゅつ》をしてもぜったいに治るという保証《ほしょう》はないのよ。それに年をとった犬には負《ふ》担《たん》が大きい。危険《きけん》もある」

おばあちゃんが反対するのにじゅうぶんな理由だった。おばあちゃんの知り合いが目の見えない犬をかっているそうで、その犬はチートスが一個床《ゆか》におちたら、部屋の反対側にいても音を聞きつけて走ってくるんだって。家具の置き場所を変えないかぎり、まったくなんにもぶつかることなく。その犬、リスにもほえるらしい。見えなくても、音は聞こえるし、リスのにおいもわかるんだね。

でも見えることとひきかえに、物にぶつからないことをおぼえるなんてかわいそう。それにリスがいるってわかるのに、追いかけるのも、あわてて逃《に》げる姿《すがた》を見るのもできないなんて、リスに負けた気分になるだろうな。もともとはちゃんとあったものが、半分になってしまうって悲しすぎる。

それである日の夜ベッドで泣いていたら、おじいちゃんが部屋に来てとなりにすわった。「なにごともやってみないとわからんよ」ふたりで話しているうちにハチの家を売るアイディアを思いついた。わたしが自分でお金を用意できれば、おばあちゃんだって手術代《しゅじゅつだい》が高すぎると文句はいえないはず。

キャッツ先生の病院は日曜日と木曜日がお休みだ。日曜日、わたしは教会に行くし、うちの手伝いもある。だから木曜日に、天気がよければかならずラッキーをつれて先生の家のほうへ散歩に行く。ひょっとしたら先生が庭に出ているかなと思って。ちょっとうしろめたい気持ちはあるんだよ。先生が庭仕事の手を止めて、ただでラッキーの目をみてくれるといいなって期待しているんだもの。

おばあちゃんが知ったら、行くなっていうだろう。ほどこしは受けないといつもいってるから。

でもキャッツ先生からは、ほどこしを受けているなんて思ったことない。先生もわたしと同じくらいラッキーが好きでラッキーの幸せを願っている。

今週の木曜日も先生の家まで来た。玄関《げんかん》先に先生の車があり、庭で先生がかがんで花のせわをしていた。わたしは家のまえまでラッキーのリードをひっぱった。「いいお天気ですね！」

先生が立ちあがってこちらをむいた。「ほんと、いいお天気ね、タイガーリリー。ちょっと時間ある？　わたすものがあるのよ」

ラッキーは頭をまっすぐあげて、しっぽを大きくふった。ラッキーは先生が大好き。でも先生のそばへ行くとちゅうで、ペチュニアの上に片足をあげた。

「やめなさい！」そういっても、もう止められないことはある。

「犬には犬の事情があるのよ。そうよね、ラッキー」先生はわたしにほほえんで見せた。「わたしたいものはキッチンのテーブルにあるの。ちょっとはいらない？」

「ここで待っていてもいいですか」家へはいるまでに、ラッキーが植木にまたおしっこをしそうで心配だった。もしかしたらイースターエッグも、ひとつ、ふたつおとしそう。

先生は小さな四角いものを持ってもどってきた。「父が古い箱を整理していたら、わたしの高校時代のアルバムが出てきたの。おかあさんがうつっている写真が二枚あったわ。わたしておいたほうがいいと思って」

ドキドキした。うちにあるおかあさんの写真は全部見た。クリスマスの写真。学校での写真。卒業式の写真。そしてわたしとラッキーがいっしょの写真。

でもこの二枚ははじめて見る。

先生がまず一枚をわたした。「これは高校の遠足でボストンに行ったときよ。パブリック・ガーデンに行ったの。赤色のシャツを着ているのがおかあさん」

教えてもらうまえから、すぐにわかった。どこにいても、おかあさんはすぐわかる。でも、これまでに見た写真とちがって、ポーズをとっていない。大きな木のまえで、友だちといっしょにリラックスして楽しそう。

先生は二枚めもわたしてくれた。「おかあさんがダウンイースト・ブルーベリー・クイーンになったときの写真。どの年だったかわすれちゃった。ごめんね」

ラメが光る濃い青色のドレスを着て、きれいにセットしたブロンドの髪《かみ》に、銀と青の大

きな王冠《おうかん》をかぶっている。おかあさんは三年連続でダウンイースト・ブルーベリー・クイーンになった。その記録はやぶられていない。

おかあさんが特別な人だったと、いまも話題になるのはうれしい。毎年八月にあるブルーベリー・フェスティバルはこのあたりでとても大きなお祭りだ。メイン州のなかで、わたしがすむ地域《ちいき》は海岸ぞいの町のようにたくさん観光客が来るわけではなく、イベントもないし、高級品をそろえた店もない。でも州の果物であるワイルド・ブルーベリーの生産量はここが一番多い。ブルーベリー・フェスティバルはそれをひろく知らせるチャンスというわけ。フェスティバルの幕《まく》あけがコンテストで、選ばれたクイーンはこの地域《ちいき》の代表としてメインの各地でおこなわれるいろんなイベントに出演することになる。優勝《ゆうしょう》してクイーンになるのはとても名誉《めいよ》なことなの。

「これは二回めに優勝《ゆうしょう》したときの写真です。ドレスでわかる。うちには三年分のコンテストの写真があるから」

でもこの写真はなかった。もうひとりの女の子と立っている写真で、おかあさんはわたしが見たことのない表情をしていた。目をかがやかせて、口の片方《かたほう》のはしをあげてわらっている。なんだか、いたずらでも考えていそうな顔。胸《むね》がきゅっとなった。「いっしょにいる子は?」

キャッツ先生がにんまりした。「だれでしょう」

わたしは写真をじっくり見る。髪《かみ》がとても長い女の子。顔にはどこか見おぼえがある。「わあ、もしかして先生? きれいだったんですね」しまった。「いえ、いまもですけど——」

先生がいいのよ、というように片手《かたて》をあげた。「きれいなのはおかあさんよ。でもね、わたしがおかあさんのことをすごいと思うのは、美人だからじゃない。それまで一度もフランス系《けい》カナダ人の女の子がブルーベリー・クイーンになったことはなかった。それでもダニエルは挑戦《ちょうせん》したのよ。みんな、見てなさいよって、いったのをおぼえてる。そしてみごとに優勝《ゆうしょう》した」

「三回もでしょ」

「そうよ! おかあさんは臆病《おくびょう》にならずに大きなことをしようと考えた。そこが一番りっぱだと思うところよ」

わたしも臆病《おくびょう》にならずに大きなことをできるようになりたい。人にはいろんなことがある。いいことも悪いことも。すこしくらい悪いことがおきても、なんにもないよりはいいのかもしれない。

おかあさんが生きていたら、いまのわたしをどう思うだろうと、ときどき考える。心の底では不安なんだ。おかあさんみたいじゃないから、がっかりするんじゃないかって。いろんな思いがこみあげてきたので、あわてて写真をズボンのポケットにしまった。なにもいえなくなって、ただお礼をいった。「写真、ありがとう」

「どういたしまして。さて、ちょっとラッキーの目をみせてちょうだい」先生は片手《かたて》でラッキーのあごを持って上をむかせた。「ようすはどう?」

「まえより見えなくなっているみたい」わたしはすごく小さな声になった。

「そうなのね。でも、それはゆっくり進行しているということだから、ラッキーにとってはいいかもしれない」先生は片目《かため》ずつじっくりみる。「ある朝起きたら、急に見えなくなって、しかも原因《げんいん》不明なんていう、おそろしいこともあるのよ。ラッキーは進行にあわせて、ゆっくりなれていける」

「家ではどこになにがあるかおぼえてます。お店の通路もすごくじょうずに歩けるんですよ。お客さんがすくないときだけですけど。階段《かいだん》をのぼりおりするときと、はじめての場所に行くときは、わたしが先に歩いていくのを待っています」

「かしこいわね」

「ところが今週、全然、待てなかったんですよ！　散歩のとちゅうで首輪がはずれてブルーベリー畑を全力疾走《しっそう》しました。つっきって森まで行ったら木にぶつかっちゃいますよね。おまけにウィンスロップ農場のトラックが走ってきたんです！　ラッキーがトラックのまえにとびだすんじゃないかとぞっとしました」

先生が顔をしかめた。「どうやってつかまえたの？」

「サルマが止めてくれました。農場のキャンプにすんでる子です。でもほんとうのことをいうと、止めてくれたのはサルマのサンドイッチでした」

先生はわらいながら、ラッキーの耳をくしゃくしゃとさわった。「よっぽどおいしかったのね。タイガーリリーははらはらしたでしょうけど、そのせいで悪くなったところはないようだわ。十歳《さい》の犬としてはどこから見ても健康よ」

「目の手術《しゅじゅつ》がいくらくらいなのか、わかりましたか」

先生はため息をついた。「友人なので安くしてくれるそうだけど、手術代《しゅじゅつだい》のほかに、術《じゅつ》後《ご》の検査《けんさ》や薬、それに臨床検査《りんしょうけんさ》も必要になるわ。全部あわせると、安くしてもらっても、二千ドル以上はかかる」

気持ちがぺしゃんこになった。そんなに高いんだ。「手術代《しゅじゅつだい》をかせぐために、メイソンビーの家に絵をかいて売っているんですけど、すぐにはむりですね。まだまだ時間がかかりそう」

先生はうなずいた。そしてほほえんだ。「メイソンビーが家にすんでいるなんて知らなかった」

動物のことなのに、先生が知らなくて、わたしが知っているなんておもしろい。でもハチを動物病院につれてくる人なんていないものね。「メイソンビーは花粉《かふん》を運ぶのがじょうずなんです。ブルーベリー畑ではもちろん活躍しますが、ふつうの家の庭でも役に立つんですよ。

穴《あな》にすむハチなので、ペペールはハチがちょうどはいるくらいの小さな穴《あな》をたくさんあけてハチの家をつくります。わたしはそれがかわいく見えるように絵をかいています」

「うちの庭にもハチの家があるといいわね。お店で売っているの?」

「そんな、先生は買わなくていいです。ひとつさしあげますから」

「だめ。買いたいの。ひとつだけじゃなくて、いくつかほしいわ。ハチは庭でとてもだいじな働きをするものね」

先生が本心からいってるみたいだったので説明した。「絵は三種類です。ブルーベリーとハチか、花か、カエデの葉か。ああ、それともうひとつあります。わたしがかいたのではなく、サルマの絵です。サルマはピンクのハチをかいたんですよ」

先生がわらった。「ピンクのハチ?」

「はい。変わってますよね」

「変わっているのもいいことよ。人目をひくでしょう?」

歩いてかえるあいだ、わたしは何度もポケットに手をいれ、写真のかたい角をさわった。

おばあちゃんとおじいちゃんにはやく見せたい。店にもどると、おじいちゃんはお客さんの相手でいそがしそうだった。すると、おばあちゃんがコネティカットから来た家族づれがサルマのハチの家を買ったよといった。その家族はほかにキャンプで燃《も》やすまきとブルーベリーパイも買ったそうだ。「その女性のお客さん、電話番号を置いていったんだよ。プレゼント用にもっと買いたいんだって」

「園芸用品売り場にあるのも見せてくれた?」

「見せた。でもきょう買った一個と同じようなのがほしいそうだよ。用意できたら電話しないと」

写真を見せたい気持ちはどこかに行ってしまった。ハチの家が売れればラッキーのためのお金がたまるのでいいのだけれど、もし目立っているサルマのがなかったら、そのお客さんはわたしのを買ってくれたのだろうかと考えずにはいられなかった。

わたしのはふつうすぎて、目にとまらないのかも。

6

つぎの日のお昼すぎ、ステンシルから顔をあげると、店にハンナがいた。ハンナはからっぽの袋《ふくろ》をたくさん持って通路を歩いてきた。「リリー！」

わたしは口をとじたままにっこりした。まえはハンナを見ると百パーセントうれしかったけど、いまはちょっと複雑《ふくざつ》な気持ちがまざる。

でもラッキーはよろこんだ。しっぽをぶんぶんふっている。あんなにふって、ヘリコプターみたいにおしりからうかばないのが不思議なくらい。ラッキーはいつも変わらずハンナが大好き。

六月に夏休みがはじまってからハンナと会うのはひさしぶりだった。ハンナのおとうさんはロブスター漁の仕事をしていて、ハンナは夏のあいだいっしょに船に乗って手伝っている。だけど、漁が休みになる日曜日とか天気が悪い日もわたしはハンナに会っていなかった。

ハンナがラッキーをなでる。わたしは絵に集中していたせいで気づかなかったのかと思い、かみなり雲をさがして窓《まど》の外を見た。かみなり雲はない。青空に太陽がかがやいている。

「きょうはお休み？」

「おじいちゃんがお医者さんにみてもらう日なの。とうさんが車で送っていった。いっしょに行こうっていわれたけど、つまんなそうでしょ。そしたら、かあさんにシーラベンダーをつんできてってたのまれちゃった。ブルーベリー・フェスティバルで売るリースをつくりたいんだって。自転車でいっしょに船つき場まで行って、手伝ってくれる？　そのあたりにシーラベンダーがはえてるって、かあさんがいってたから」

わたしはドアの上の時計を見た。もうすぐ一時。サルマはきょうも来るかな。出かけていて会えなくなったらいやだな。

でもことわったら、ハンナは二度とさそってくれないかもしれない。サルマが来るまでに帰ってこられるよね。

「いいよ。ラッキーを二階につれていくね」

以前のラッキーなら自転車とならんで走れたけど、いまは車輪にまきこまれそうで危険《きけん》だ。手術《しゅじゅつ》をしたら、ぜったいまたやりたい。自転車に乗ってラッキーと思いきり走りたい。

「ラッキーったら」ラッキーが鼻をハンナの手にこすりつけている。「リリー、歩いていくなら、ラッキーもいい？」

わたしは下くちびるをかんだ。歩いていったら時間がかかるじゃない。でもラッキーはハンナに会えてとてもうれしそうだし……帰るのがおそくなったときのために、サルマにメモを置いておこう。

「そうだね。二階に行ってラッキーのリードをとってきてくれる？　いつもの場所にあるから。わたしはちょっとメモを書かなきゃ」

ラッキーがあとをついていかないように首輪をつかんだ。ラッキーはクーンと悲しそうな声を出す。「ハンナはすぐにもどってくるよ」わたしはそういってなだめた。でも、いなくなった人がすぐにもどるのか、ずっともどってこないのか、ラッキーにはわからない。

片手《かたて》で首輪をつかんだまま、コーヒー台の紙ナプキンをとり、メモを書いた。

友だちの手伝いをするので出かけます。ラッキーもいっしょ。

ピンクのハチの絵の家が売れたよ！　そのお客さん、もっと買いたいって。

絵をかく道具は出してあります。なるべくはやくもどるね！


作業テーブルに絵の具と筆をならべ、なにもかいていないハチの家をふたつ置いた。出がけにおばあちゃんに声をかける。「ハンナとラッキーをつれて船つき場まで行ってくる」

「気をつけなさいよ」

またただ。同じことばかりいわなくていいのに。いったいどれほどの問題にまきこまれるというのか。ここにすんでいる人はみんな、わたしたち三人のことをよく知っている。なにかあれば、わたしが帰るより先に知らせが来るよ。

生意気にいいかえしてみたくなるときもある。「いやだ！　はめをはずしてバカなことをする！」って。でも、おばあちゃんはおもしろいとは思わないだろう。結局、わたしはなにも変わらない。

「わかった」と返事をした。

ラッキーにひっぱられて道を行く。

「夏休み、なにをしてる？」わたしはハンナにたずねた。

「働いてばっかりよ。でも、教会の友だちの話、おぼえてる？　ブランドンのこと」

またその話。わたしはブランドンのことなんておぼえていないっていいたいけれど、そしたらハンナはまた最初の出会いから話しだすだろう。そのあたりの話はもう何百万回というほど聞かされていた。「うん」

「こないだの日曜日、教会でブランドンといっしょにろうそくを灯《とも》したの。すごく緊張《きんちょう》して手がふるえちゃったわよ。あちこち火がついて火事になるんじゃないかって心配になるくらい！　あとからブランドンにじょうずだったよっていわれた！」ハンナはにこにこだ。

「すごいじゃない」わたしは話のつづきを待った。でも、どうやら話はそれで終わりだった。

「来週はかあさんとボストンへ行く。キャロルおばさんに会って、ブルーベリー・フェスティバルで着る新しいドレスを買ってもらうの」

ハンナはいまのダウンイースト・ブルーベリー・クイーンだった。去年が一回めの優勝《ゆうしょう》。もう一回は応援《おうえん》するけど、三回は優勝《ゆうしょう》してほしくないとひそかに思ってる。メインではほかにもお祭りがあり、それぞれコンテストもある。ヒルズバラ・フェアのイチゴの女王コンテストとか、メイン・ロブスター・フェスティバルの海の女神コンテストとか。でも一番賞品が豪華《ごうか》で一番王冠《おうかん》がかがやいているのは、ダウンイースト・ブルーベリー・クイーンだ。この一年、ハンナは銀と青のかがやく大きな王冠《おうかん》をかぶって老人ホームをたずねたり、学校行事やパレード、州内各地のお祭りに出たりしていた。

道の先でシカが横ぎった。シカはわたしたちを見て凍《こお》りついた。もっと近ければ、ラッキーはにおいで気づいたはず。そしたら追いかけないようにリードをしっかりにぎってなくちゃいけないところだった。シカはぴょんと林のなかへ消えていった。

ラッキーはそのまま歩いていく。

わたしは夏休みになにをしていたのかとハンナがきいてくれるのを待っていた。そしたらラッキーが逃《に》げだしたこと、サルマがつかまえるのを助けてくれたこと、おばあちゃんにポークパイを持っていかされたことを話せるから。

でもハンナはコンテストのことしか頭になかった。「もう一回クイーンになれないとこまるな。みんな、期待してるよね。勝つとこういう悩《なや》みがついてくるんだよ。つぎはもっと上を期待される。だから最初よりすこしでもおちたら失敗したことになっちゃう」

「でも王冠《おうかん》はずっと持っていていいんでしょ?」わたしはいったけど、ハンナがとても悲しそうなのでびっくりした。

「うん。でも特別な子になったあとでふつうの子にもどるってきついよね」

「わたしはずっとふつうの子だよ」そんなことないといってくれるかと思ってハンナを見た。でもハンナはこういった。「リリーもコンテストに出てみれば」

「まさか! ぜったいない。ステージでつまずいて転んじゃうよ。出てる子を全員まきぞえにしてぐちゃぐちゃになっちゃう。ブルーベリージャムのできあがり!」

ふたりでわらった。楽しくて、いつもいっしょのふたごにもどったみたい。

「ブランドンもコンテストを見にきてほしいな。さそいたいけど、そんな勇気、ないんだよね」

NASA《ナサ》（アメリカ航空宇宙局《うちゅうきょく》）はつぎに発見したブラックホールにブランドンという名前をつけたらいいよ。だってどんな話をしていてもすぐにブランドンに吸《す》いこまれてしまうんだから。とつじょ出現《しゅつげん》してひゅっと吸《す》いこむ。それで終わり。

「去年、フェスティバルには来てたんだよ。だからさそってみようかなって……」

サルマはきょうどんな絵をかいているのだろう。同じハチと花でも、わたしの絵とはぜんぜんちがってサルマの絵にはおどろかされる。そこが人気の理由なのかな。芸術《げいじゅつ》っていわれた理由もそうなのかな。

ため息が出る。わたしはふつうにしかかけない。でもたくさん売らなくちゃいけないからね。ふつうの絵のハチの家を好きな人もいますように。

船つき場に着くころには、わたしのほうがラッキーのまえを歩いていた。満《み》ち潮《しお》のあとがついているあたりまで野生のシーラベンダーがはえている。潮《しお》の満ち引きで毎日海水に洗《あら》われるせいで、あまいかおりだけでなく潮《しお》のかおりもした。むらさき色の小さな花がたくさん集まってとてもきれい。ドライフラワーにして、冬になってから花びんにいけたり、リースにしたりして、明るい色を家にかざる人が多い。

すこし持ってかえってサルマに見せてあげようかな。絵にかきたくなるかもね。わたしはラッキーをなだめすかして海岸の岩場を歩かせた。「おいで。だいじょうぶ。けがしないから」

海岸に来ると、どこまで行っても水しかない世界のはしっこにいるような気になる。とても静かで、船の姿《すがた》はまだ見えていないのにかすかなエンジン音が聞こえる。一羽のウが岩だなの立標《りっぴょう》にとまり、小さなシギたちが波につからないように砂浜を走りまわっている。

ハンナからはさみと袋《ふくろ》をわたされた。「できるだけ地面に近いところで切ってね。くきが長いほうがリースの土台につけやすいんだって。いい？」

「わかった」両手があくように、わたしはラッキーのリードをうでにまきつけた。

「手伝ってくれてありがとう。かあさんは去年、教会のブースの手伝いでリースを売ったんだけど、今年は自分でブースをかりたの。ブースをかりるのに百ドルだよ。でもリースをつくるお金はほとんどかからないからね。ブルーベリーパイも焼いて売るつもり。百ドルくらいすぐに元がとれるって」

サルマはまだブルーベリーの収穫《しゅうかく》をしているのかな。もう終わったかな。きょうもブルーベリー畑は女王のものだと想像《そうぞう》しているのかな。思わずわらいがこみあげた。だって、わたしはいままさにブルーベリー女王のハンナのためにシーラベンダーつみをしているんだもの！

「なにがおかしいの？」

「ちょっと考えごとをしてた」

ハンナはうなずいた。「ブランドンもおかしいのよ。いきなり歌いだすの。変だけど、かわいいのよね。こないだは――」

だれかといっしょにいるのに、ひとりでいるよりさびしくなるときがある。目をとじて、あけたら、店にいてサルマと絵をかいているんだったらいいのに。

「――でね、それをわたしにくれたの」ハンナがなにかいってほしそうにわたしを見る。

「わあ、すてき！」なにをもらったのか聞いてなかったけど、いいものなんでしょうね。インフルエンザとかではなく。

もうじゅうぶんだった。「ああ、こんな時間だ。しなくちゃいけないことがあったの」ハンナに袋《ふくろ》いっぱいにつんだシーラベンダーをわたした。「これだけあればたりるかな。フェスティバルでおかあさんのブースがうまくいきますようにって伝えてね。ラッキー、おいで。帰るよ」

サルマに見せるためにシーラベンダーを一本折って、ラッキーをまたなだめすかし岩場から道まで歩かせた。ハンナがこちらを見ている気がして、ふりかえらなかった。しょげてるだろうか。それともブランドンのことばかり考えてるからいいかな。

船つき場から見えないところまで来ると、わたしはラッキーと走りだした。

7

サルマはもう店にいて、ハチの家にむらさき色の大きな丸や小さな丸をかいていた。手を止めてラッキーの耳のうしろをかく。

「ラッキー、ふせ」わたしはシーラベンダーをコーヒー台のカップにさした。「出かけていてごめんね。なにをかいているの?」

「ブルーベリー。むらさきの絵の具がなかったから、赤と青をまぜた」サルマはむらさきになった絵の具に筆をひたす。「むらさきのブルーベリーはほんとにあるんだよ。見たことがあるもの。どうしてパープルベリーってよばないのかな」

「わかんない。でもワイルド・ブルーベリーはいろんな色になるよね。赤とか、むらさきとか、ピンクとか、黒とか。たまに、しま模様《もよう》になってるのもある。でもたいてい青色以外の実はよりわけられる」

「どうして？　味がちがう？」

「ちがわないよ。でも青じゃない実は熟《じゅく》してないと思う人が多いから。よりわけたほかの色の実はジュースやワインになるの。実をつぶして、こしたら、もともとの色なんて、だれもわからないでしょ」

「じゃあ、あたしは青色の実はぜったいかかない。そんなの不公平！」

サルマはまたむらさきの丸をかきはじめた。わたしはサルマの絵になにかたりない気がする。「丸のてっぺんに星をかいてよ」

「星？」

「ちょっと待ってて。持ってくる」

わたしは店で売っているブルーベリーをとりにいった。「メメール、ちょっとかりるね。芸《げい》術《じゅつ》のためだから！」

箱にかけてあるラップの上から、ほら、星みたいでしょ、とサルマにあらためてブルーベリーのがくを見せた。実ひとつひとつに、五つ角がある星がついている。箱に濃い青色の小さな星がぎっしりならんでいるみたい。「ペペールが教えてくれたんだけど、昔アベナキ族の人はブルーベリーのことをスターベリーとよんでたんだって。地上に食べ物がなかったとき、アベナキ族の神さまが空からつかわしたと信じられていたから」

「あたしのパープルベリーには黄色の星をかくよ。そしたら夜空の星みたいに見える。星が大好きなんだ。フロリダでも、メインでも、ミシガンでも、どこにいたって、空を見あげると同じ星があるでしょ。だれかに会いたくなったら空を見あげて、その人も同じ星を見あげているって想像《そうぞう》するんだよ。どこに行っても、その人のことを思って、その人もあたしのことを思ってくれる。星の友だち《スター・フレンズ》——星友《ほしとも》だよ」

サルマはうつむいて絵をかきながら話していた。長い黒髪《くろかみ》がさがって顔は見えない。

「そんなに移動《いどう》してばかりだとたいへんだね」

「すごくいや。どこにいてもよそ者の気がする。フロリダの友だちには、あたしがいないあいだもいろんなできごとがあるんだよね。フロリダにもどってもついていけなくなる。家に帰ってきてるのに、また最初から友だちづくりをしなくちゃいけない感じ。みんな、どんどん変わっていくから」

「その気持ち、わかる。ハンナはずっと親友だったんだけど、最近ハンナが話したいのはひとりの男の子のことばっかりなの。変わってしまって、もうどんなふうに話したらいいのかわからなくなっちゃった。でもきょうはシーラベンダーつみを手伝ってほしいってたのまれた。だからサルマが来たときいなかったの」わたしは船つき場から持ってきた枝《えだ》をさしたカップに手をのばした。「これがシーラベンダー。ハンナのおかあさんがこれでリースをつくってブルーベリー・フェスティバルで売るんだって」

「ブルーベリー・フェスティバルってなに?」

「お祭りだよ。八月の終わりにあるの」わたしはカップをコーヒー台にもどした。「たくさん人が集まるんだよ。パレードとか、レースとか、ブルーベリー・クイーン・コンテストとかがあるし、ブースではブルーベリーのいろんな食べ物を売ってる。ブルーベリーはちみつでしょ、ブルーベリーティーでしょ、それからブルーベリードレッシング、ブルーベリージャム、ブルーベリーのパンケーキシロップ、ブルーベリーのバーベキューソース――」

サルマは顔をちょっとしかめた。

「ブルーベリーマスタード、ブルーベリーサルサ、ブルーベリーコーヒーもあるよ。パイとマフィンはもちろんね。ブルーベリー以外のものを売るブースもあるんだよ。リースとか鍋《なべ》つかみとか――」

「ハチの家を売ればいいのに！」

わたしは首をふった。「そんなのむり」

「どうして？　手伝うよ！」

「ブースをかりなきゃいけないんだよ。テーブルだってかりないと。それ以外もよくわからないことをいっぱいしないとだめなんだから」

「ハチの家がたくさん売れたら、はやくラッキーの手術《しゅじゅつ》ができるんだよね？」サルマはなんでもないみたいにいった。

わたしは絵をかく手を動かしながら、頭のなかで「いいこと」と「悪いこと」を考えた。

悪いこと1　ブースをかりるのに必要な百ドルはたまっている。でも、百ドル以上かせげるかもしれないという希望的観測《かんそく》で大金を使うなんてばかげている。
悪いこと2　ひとつも売れなかったらどうする？　はずかしくて死にそう。
悪いこと3　いままでしたことないし、したいと思ったこともない。

だけど――

いいこと1　ハチの家が四個売れれば、ブース代の元はとれる。
いいこと2　五個売れれば、利益《りえき》が出る。五個よりもっと売れるかもしれない。
いいこと3　サルマが手伝ってくれるというので、全部をひとりでしなくてもいい。いっしょにブースで店をするのは楽しそう。
いいこと4　ラッキーをはやく手術《しゅじゅつ》できるかもしれない。思っていたよりずっとはやく。

足もとにいるラッキーを見ると、瞳《ひとみ》に青みがかった灰色《はいいろ》の輪がかかっている。ラッキーの世界が暗やみになろうとしていた。わたしはラッキーのためならなんだってできる。一度くらい臆病《おくびょう》にならずに大きなことをしてみようか。

「ほんとうに手伝ってくれるの？　ブースで売るハチの家がたくさん必要だよ。サルマの絵のほうが人気があるみたいだし」

「もちろん。星友はどんなときも助けあう！」サルマが小指を立てた。

わたしは笑顔になって、サルマの小指に自分の小指をからめて指きりをした。「そうだね。星友はいつも助けあう」

完成したサルマのハチの家は大小さまざまなブルーベリーがいろんな色でいっぱいかかれていた。ブルーベリー一個一個のてっぺんに黄色の星がついている。楽しそうなブルーベリーのキラキラ星空。

わたしのほうはステンシルでかいたきれいなまん丸の青いブルーベリーだった。急につまらなく見えた。一番細い筆をサルマの絵の具につけた。そしてブルーベリー一個一個にかきくわえていく。

むらさき色の小さな星。

8

ばんごはんのとき、おばあちゃんとおじいちゃんに計画を話した。

「まだ十二歳《さい》でしょ！　ハチの家ならうちの店で売ればいい」おばあちゃんがいう。

わたしは胸《むね》をはっていった。「たくさんの人が見てくれたら、もっと売れるかもしれない」

「ブースまでどうやって運ぶつもりなの？　自転車に全部はのせられないよ」

わたしはちらりとおじいちゃんを見た。

「だめだめ！」おばあちゃんが指を左右にふる。「フェスティバルがある週末は、うちの店もかきいれどきなの。ペペールは店にいてもらわなくちゃ」

「店の手伝いはだれかにたのめるだろう」おじいちゃんがいう。

「賛成《さんせい》なの？　いつもそう！　子どもらによく見もせずとびだせってそそのかすんだよ。だからうちの子どもらは現状《げんじょう》に満足しない」

〝うちの子どもら〟という言葉が宙《ちゅう》にうく。おかあさんとわたしのことだ。わたしは足もとにいるラッキーを見た。寝息《ねいき》にあわせて胸《むね》が上下に動いている。

「やってみないことには、なにができるかわからないからな」おじいちゃんがいった。

わたしが視線《しせん》をあげると、おじいちゃんはこちらを見てほほえんでいた。わたしもほほえみかえした。ふたりとも同じことを考えているのがわかったから。多数決の勝利だ。

おばあちゃんも気づいたみたいで、それ以上は文句をいわなかった。「まあ、リリーがためたお金だからね」

大金だ。でもそれは考えないようにしよう。じゃないとこわくなる。

朝になって、深呼吸《しんこきゅう》をしてから、ラッキーのための貯金箱《ちょきんばこ》をあけ百ドルをとりだした。サルマにも来てほしかったけど、ブルーベリー畑の仕事がある。それにわたしはもう決心したから。お札をかさねて折り、ポケットにいれた。こんなことくらい、毎日しているよ、というふうに。

ポケットはそんなにふくらまなかったけれど、こんな大金を持ちあるくのはおちつかない。町まで歩いていくあいだも、通りすぎる車の人がみんな、わたしがいつもとちがうと気づくんじゃないかと思った。

教会の階段《かいだん》をのぼりながら、おかあさんがうしろにいてくれると想像《そうぞう》した。おかあさんのささやきが耳もとで聞こえる。「ほかの人がどう思うかなんて気にしないで」

おかあさんはまさにそうだった。すくなくともそう話に聞いている。おかあさんは店じゅうにひびきわたるような声でわらい、その声を聞けばおかあさんがいるってみんながわかったって。おかあさんはふわふわゆれるロングスカートをはいていたって。そんなの流行《はや》ってないのに。全部おじいちゃんに聞いた話だけどね。

人とちがっていても、おかあさんやサルマみたいな美人なら大目に見てもらえそう。わたしは家族のなかでひとりだけ髪《かみ》の色が茶色なので、きっとおとうさん似《に》なのだろう。おとうさんはニューヨーク出身のミュージシャンで、おかあさんとニューヨークで出会ったってことしか知らない。もしおかあさんとその人がちがう道をえらんでいたら、わたしたちは三人でニューヨークにすんでいたかもしれないよね。でもその人は子どもにまったく関心がなかったって、おばあちゃんがいってた。

「おはよう、リリー。きょうはどうしたのかな」教会にはいるとラルーさんが声をかけてきた。

ラルーさんは教会の事務員《じむいん》でもあり、ブルーベリー・フェスティバルの実行委員でもある。ブースの貸《か》し出《だ》しを担当《たんとう》し、毎年コンテストの審査員《しんさいん》もする。教会でコンテストをひらくなんて変だと思われるかもしれないけど、町でたくさん観客がすわれる建物は教会しかない。

「えっと、ラルーさん、すみません。ブルーベリー・フェスティバルのブースの貸《か》し出《だ》しはここですか」

ラルーさんは笑顔《えがお》になった。「ええ、そうよ！　おばあさんたちはなにを売るのかしら」

「ちがうんです」わたしはくちびるをなめた。「わたしのブースなの」ポケットに手をいれ、折りたたんだお札を出した。「百ドル持ってきました。金額《きんがく》、あってますよね」

ラルーさんがわたしの手のお札を見つめる。「おばあさんとおじいさんはごぞんじなの」

わたしはしっかりとうなずき、お札をわたした。

「まあ、おふたりが許可《きょか》してらっしゃるなら」ラルーさんは机《つくえ》の引き出しをあけてノートと領収書《りょうしゅうしょ》をとりだした。「なにを売るの？」

「ハチの家と、あとはなにか食べ物を考えてます。ハチの家はかならず売ります。それが中心です」

「だったら、〈雑貨《ざっか》と食べ物〉と書いておいていい？」

わたしはのどのつっかえを飲みこむ。「雑貨《ざっか》ってぴったりです」

「28番ブースよ。フェスティバルは土曜日の朝九時から。でも準備《じゅんび》は金曜の夜からはじめられる。ただし商品の搬入《はんにゅう》は土曜日にしたほうがいいわね。夜のあいだは見張る人がいないから。フェスティバルのパンフレットをわたしましょうか？　イベントのスケジュールも書いてあるわ」

「ありがとうございます」パンフレットを受けとり、折りたたんでポケットにいれた。お札ほどはかさばらない。

ラルーさんがウインクしていった。「すごくいい場所のブースにしてあげたわよ。でもないしょにしてね。ほんとうはランダムに割り当てることになっているから。フェスティバルで会いましょう」

教会の階段《かいだん》をおりていたけど、足が地面につかず、空にうかんでいるみたいな気分だった。わたし、やったよ！　夏休みが終わるまでにラッキーの手術《しゅじゅつ》ができるかもしれない！

はやくサルマにいいたい。家に帰るまえに遠まわりをしてキャンプのほうへ行った。《立入禁止《きんし》》と《来訪者《らいほうしゃ》は警備室《けいびしつ》で受付をしてください》の看板《かんばん》の横をどうどうと通りすぎ、ウィンスロップ・ブルーベリー農場の事務所《じむしょ》へ行った。

ドアがあくと、ウィンスロップさんがコーヒーメーカーの横にいた。

わたしを見てびっくりしているみたいだった。

「友だちのサルマに会いにきました。ここで働いている子です。受付をしてくださいって外に書いてあったので」

キャンプの友だちに会いに町から来る子どもはあまりいないのだろう。ウィンスロップさんはわたしの名前を記録する必要があるのか、よくわからないみたいだった。でもこの農場のボスはウィンスロップさんだから！「行っておいで」

57番のドアをノックすると、サルマのおかあさんがあけてくれた。タンクトップにショートパンツ。指をくちびるにあてている。そして小声で、「シー。ねむってる」

わたしは顔が熱くなる。小屋はひと部屋しかないので、寝室《しんしつ》のドアをノックしたのと同じことだ。

「サルマはいますか」わたしも小声でたずねる。「リリーです。まえにポークパイを持ってきた犬をかってるリリーなんですけど……あ、でもポークパイを持ってきたのは犬じゃなくて」なにいってるんだ、わたし。

サルマのおかあさんの濃い茶色の目はやさしく、わたしを思いやるように見ていた。わたしがいったことを全部はわからなくても、ちゃんと聞いてくれてる。

「リリー！」サルマがおかあさんのうしろから出てきた。「いまからお店に行こうとしていたんだ！」

「シー」おかあさんがまたいった。

「パパがお昼寝《ひるね》をしているの」サルマはわたしのうでをつかんだ。「来て！　運動場で話そう」

キャンプに運動場があるなんて知らなかった。サルマについていき、ならんでいる小屋のうらに出ると、学校の運動場で見るような大きな鉄製《てっせい》のぶらんこが三台あった。ひとつは三人の男の子が立って乗っていた。もうひとつは小さな女の子がふたりでこいでいたので、サルマとわたしはもうひとつのあいているぶらんこのところへ行った。

「はやく見せたくて、来ちゃった」わたしはポケットからブルーベリー・フェスティバルのパンフレットを出して、サルマのとなりにすわった。「やったよ！　フェスティバルのブースをかりてきた！」

サルマがぱっと笑顔《えがお》になった。「すごい！　いっぱいハチの家に絵をかかなくちゃね」それからパンフレットを読んだ。「へえ、ブルーベリーでこんなにいろんなことができるんだ」

パンフレットにはハンナの写真ものっていた。コンテストのときのスパンコールがついた青色のドレスを着て、ダウンイースト・ブルーベリー・クイーンの王冠《おうかん》をかぶっている。ブロンドの髪《かみ》の毛は、カールして顔の両側にたらし、うしろは無造作《むぞうさ》に丸くまとめてある。優勝《ゆうしょう》した瞬間《しゅんかん》の笑顔《えがお》がまぶしいくらいかがやいている。

「友だちのハンナ」

「きれいね」サルマが心からいった。

わたしはうなずく。「コンテストが金曜日の夜で、そのつぎの日にブースは開店だよ。ラルーさんになにを売るのかってきかれたから、おもにハチの家で、もしかしたら食べ物も売るかもってこたえた。みんなが家庭菜園をできるわけじゃないでしょ。でも食べるのは、だれだって好きだものね！　ラルーさんはノートに〈雑貨《ざっか》と食べ物〉って書いておいてくれたから、だいたいなんでもあてはまるよ」

「どんな食べ物にする？」

「ブルーベリーパイかな。たくさんのブースで売ってる。メメールと何回もつくったことがあるしね」

「たくさんのブースで売ってるんだったら、特別な感じがしないよ。ほかとはちがうものにしなきゃ。だれかと同じにならないようなもの。ブルーベリー・エンチラーダは？　おいしいし、めずらしい」

めずらしすぎるかも。売れないとお金にならないよ。でもサルマはすごく協力してくれてるし、そんなことといって傷《きず》つけたくない。「つくるのがむずかしいんじゃない？」わたしは質問をして、どうしたものかと考える時間かせぎをした。

「ぜんぜん！　パイよりかんたん。教えるよ。試作しよう。リリーの家の台所を使える？」

「もちろん」わたしはすぐにかわいそうだなと思った。だって、サルマはたくさんの家族で台所をゆずりあって使わないといけないのだから。「うちは平気だよ。でもほんとうに手伝ってもらっていいの？　ハチの家も手伝ってくれているのに」

「ラッキーのためならなんでもする」サルマはぶらんこをこぎはじめた。「それに星友なんだからあたりまえ」

「そうだね！」わたしもこぎはじめた。

足をけって、どんどん高くあがる。上へ、もっと上へ。あがったとたんに、ぐんとさがる。髪《かみ》の毛がうしろになびいたと思ったら、すぐまえへ。

「とんでる！」サルマがいった。

「わたしも！」わたしはサルマのほうを見ようとしたけど、髪《かみ》の毛がすぐ目にかかって見えない。地面をかすめる。高くあがって、つま先が青い小屋の屋根にとどきそう。もっと上へ！　つま先がむこうのブルーベリー畑にとどく。

さがるときは一気におちる。髪《かみ》の毛がまえになびいて地面がぶつかりそう。ぶらんこがきしんで、今度はうしろにあがる。

わたしは歯をくいしばった。頭に血がのぼって耳のあたりががんがんする。もっと高く！今度はつま先がブルーベリー畑のむこうにある山の頂上につくくらい。

こんなに高くこいで、ドキドキしていた。こわいけど、いいんだ。勇気を出すって、もっとたいそうなことをするのだと思っていた。エイリアンと戦うとか、船で海を横断《おうだん》するとか、教会いっぱいの観客のまえに立ってひとりで歌うとか。でも、勇気はそんなに大げさじゃな

くてもいいのかもしれない。きょうはこわいという気持ちより、勇気のほうがすこし勝っていた。天秤《てんびん》ばかりの目盛《めも》りがちょっとだけ動いた感じ。

でもこれがわたしに必要なことだった。臆病《おくびょう》にならずに大きなことをしようとして、じっさいにできたんだもの。ブースをかりた。キャンプにひとりで来れた。星友ができた。そしてとんでいるみたいに高くぶらんこをこいだ。ちょっとの勇気は、砂浜《すなはま》にあるかたくてすべすべした小石みたい。わたしは想像《そうぞう》の小石をにぎりしめて、何度もぶらんこをこいだ。

つま先が空にとどくまで。

9

友だちをはじめて家にいれるときはいつもそわそわする。店の二階で祖父母《そふぼ》と三人ですんでいる子なんていないから。

でもサルマとブルーベリー・エンチラーダの試作をすると約束した。だからつぎの日、サルマを二階につれてきた。台所のドアをあけたとたん、ラッキーが突進《とっしん》してくる。大よろこびでしっぽをふりまわしてとびはね、サルマを通せんぼする。

「はいれないでしょ！」わたしはラッキーをひっぱった。

サルマは台所をめずらしそうに見まわした。

「たいしたとこじゃないんだけど、家のなかを案内するね」

わたしの部屋を見せるとサルマは顔いっぱいほほえんだ。「あたしも自分の部屋がほしい！　フロリダの家でもいとこのエミリアとふたりでひと部屋なんだ。エミリアは働いているから、あまりうちにはいないんだけどね。でもエミリアの持ち物はずっとあるから。リリーはラッキーだよ」

ラッキーがぱっと顔をあげたので、サルマはわらった。「ちがった。ラッキーはこっちにいた」

「店の上だからうるさいときもあるよ」わたしはそんなにいいことばかりじゃないといいたかった。「すごく朝はやくにロブスター漁の人たちとペペールがしゃべる声で目がさめるときもある。通気口から店の音が聞こえるんだよね」

台所のほうへ歩きながらサルマはため息をついた。「あたしはひとりになりたいとき、トラックのシートにすわるんだよ。でもそんなときでも、だれかにいってから出かけないとだめ。まえにトラックでねちゃって、パパがキャンプのみんなとさがしまわったことがあった。クマに食べられたと思ったんだって！」

わたしはわらった。「ハンナの家までひとりで歩いていくようになったとき、メメールは通り道の人たちに電話をかけて、わたしがちゃんと通ったか見ていてほしいってたのんでたんだよ。それを知ったときはすごく腹が立った」

おばあちゃんたちの部屋、居間、風呂場《ふろば》とトイレを見せて、また台所にもどった。

「さて、材料はなに？」わたしは食料品のたなのとびらをあけた。

サルマはレシピを確認《かくにん》した。「なかにいれる具は、白砂糖《しろざとう》とブラウンシュガー、シナモン、塩少々、バター、そしてブルーベリー。トルティーヤは買ったのでもいいし、自分で生地からつくってもいいってママがいってた」

「きょうは買ったのを使ったほうがかんたんにできるね。ブルーベリーもないから、下の店に行こう」

「ほしいものがあれば階段《かいだん》をおりるだけでいいって最高だね！」

「そうだよ。とくに吹雪《ふぶき》のときなんかね。ブーツをはく必要もないもの。でも秘密《ひみつ》を教えてあげる。マチャイアスにあるスーパーのほうが安いときは買いにいくんだよ！　だれにも見られないように、裏口《うらぐち》からこっそり買い物袋《ぶくろ》を持ってはいるの」

一階の店は混雑《こんざつ》していた。通路で買い物をしているお客さんたちのむこうに、おばあちゃんがいた。レジでハンナとしゃべっている。

わたしは顔がこわばった。

「リリー、ハンナが来てるよ。サルマと二階で料理をしてるって話してたところ」

ハンナはサルマをじろじろと見つめた。ここにサルマもハンナも同時にいるのは変な感じ。わたしはどうしたらいいの。サルマといるときのわたしでいるか、ハンナといるときのわたしでいるか。

「これからブルーベリー・エンチラーダを試しにつくってみるの。サルマとブルーベリー・フェスティバルでブースを出すんだよ」

ハンナはびっくりした顔になった。「ブルーベリー・フェスティバルでブースを出すの?」

わたしがちょっと変わったとハンナに思わせたみたいでうれしかった。「そうだよ」あごをつんとあげて、レジの近くのたなからブルーベリーをひと箱とった。「サルマ、これだけあればたりる?」

「うん。あとはトルティーヤだね」

「トルティーヤは季節のコーナーにあるよ」

店では毎年六月にメキシコ、カナダ、中央アメリカの食品をたくさん仕入れ、夏によく売れるピクニック用品、スモア※の材料、プロパンなどの燃料《ねんりょう》といっしょにならべている。九月のなかばにはハロウィーン用のお菓子《かし》売り場にかわる。

「ブルーベリー・エンチラーダってはじめて聞いた」ハンナはサルマとわたしのあとについてきた。「ビーフかチキンのエンチラーダしか食べたことないな」

新しいことを一番にするのはいつもハンナだったから、ひとつでもわたしのほうが先になって気分がいい。「すごくおいしいよ」わたしはブルーベリーとトルティーヤをおばあちゃんに見せにいく。「このお金はハチの家の売り上げからひいて」

おばあちゃんはカウンターの下から台帳を出した。「三人とも、台所をあらさないでね。あとかたづけを忘《わす》れないように」

三人ともっていった？　わたしは口をつぐむ。ふたりのあいだにはさまれたくないな。

「わたし、まだ時間だいじょうぶよ」ハンナはつぶやいた。

階段《かいだん》をのぼりながら、サルマがふりむいてハンナにいった。「フェスティバルのパンフレッ

※たき火であぶったマシュマロをクッキーにはさんで食べる。

トで写真を見たよ。すごくきれいなドレスだった」

「えー、わたしの写真がパンフレットにのってるの？」ハンナは知らなかったみたいにいったけど、ぜったい知ってたはずだとわたしは思っていた。「リリーもコンテストに出たらっていつもいってるんだけどね。楽しいし、優勝《ゆうしょう》したら大学進学のために五千ドル分の貯蓄債券《ちょちくさいけん》がもらえるのよ。じつはダウンイースト・ブルーベリー・クイーンはコンテストのなかでも賞品が一番いいんだよね。ヒルズバラ・フェアのイチゴの女王コンテストなんて千ドルなんだから。でもわたしは去年ブルーベリーのクイーンになったからイチゴには応募《おうぼ》もしないけど」

わたしはにやりとしていった。「両方で優勝《ゆうしょう》したら、ミックスベリー・クイーンだね」

わたしがおもしろいと思ったほどは、ハンナにはおもしろくなかったみたい。

「ここにすんでいる人しか応募《おうぼ》できないのかな」

どうしてそんなことをきくの？　わたしはサルマの目を見ようとしたけれど、サルマはハンナのほうをむいている。

「ううん。去年はニューハンプシャーから来た女の子がコンテストに出てたよ。応募《おうぼ》はかんたん。フェスティバルのウェブサイトにある申込書《もうしこみしょ》をプリントして教会のラルーさんのところに持っていけばいいの。そしたら、あとはコンテストの夜にすてきなドレスを着てステージにあがり、質問にこたえて、特技《とくぎ》を発表するだけ」

「そっか。すてきなドレスがないや」

だよね。問題解決《かいけつ》。サルマは優勝《ゆうしょう》できるくらい美人だと思う。でも毎年、クイーンにはハンナやわたしのおかあさんみたいにブロンドの子が選ばれる。ブロンドで、白人の子。でもそんなこと、いえない。偏見《へんけん》がある町みたいじゃない。

じっさいすこしは偏見《へんけん》があるのかも？　それとも審査員《しんさいん》がブロンドのほうがかわいいと思ってるだけなのかもしれない。どちらにしても、こんなはずかしいことを口に出していえない。わたし自身がそう考えてると、サルマに誤解《ごかい》されたくない。

するとハンナがいった。「今年は新しいドレスを着るの。だから去年のドレスをかしてもいいよ」

わたしはハンナを見つめた。クイーンになるのはハンナにとってとてもだいじなはずだよね。どうしてこんなことをいうのだろう。わたしからサルマをとりたいの？　サルマとわたしが仲いいことをねたんで割りこもうとしている？　それとも、サルマが優勝《ゆうしょう》するわけないから親切にしても平気と思ってるのかな。

「あしたは雨がふって風も強くなるみたい。だから、とうさんの漁を手伝わなくていいんだ。リリーといっしょにわたしの家に来て、ドレスを試着してみる？」

わたしは泳いでいるとちゅうで大きな波が来て、行きたくない方向に流されるような感じがした。短期間、町に来てるだけの女の子が優勝《ゆうしょう》なんてできない。ダウンイースト・ブルーベリー・クイーンは髪《かみ》の毛をセットして青いドレスを着るだけじゃない。この付近の町の代表、つまりわたしたちの代表になる。審査員《しんさいん》がサルマを選ぶはずはない。だってサルマはフェスティバルのあとのイベントに出られないでしょ。夏が終わったらいなくなるんだもの。

「リリーはいい？　あしたいっしょに行ってくれる？」サルマがきいた。

「あした？」わたしは右と左にひっぱられるみたいだった。賛成《さんせい》ではないけど、サルマは行きたがっている。星友はどんなときも助けあう。「いいよ」エンチラーダができると、サルマはまずわたしに食べてみてといった。わたしはおなかがすいてないけど、ひと口食べた。

「どうかな。フェスティバルで売る？　ハチの家とブルーベリー・エンチラーダ屋さんにする？」

「おいしいよ」わたしは慎重《しんちょう》にいった。「たくさん売れるかどうかだよね。だって目的はそれだもの。ラッキーのためにお金をためるんだから」

「すごくいいと思う。パイみたいに、みんなと同じじゃないところがいいよね」ハンナはいった。フェスティバルでエンチラーダを売るのは小さな変化だけど、サルマがコンテストに出場するのはすごく大きな変化だ。コーヒー台の横のテーブルにすわり、お客さんのおしゃべりを聞いて学んだことがひとつある。

それは変化をきらう人もいるということだった。

10

ハンナが去年のコンテストで着たのは、ブルーベリーの青い色の生地に銀色のスパンコールがついたドレス。パフスリーブで、大きくふくらんだスカートには布製《ぬのせい》のバラがついている。おじいちゃんなら「ハチが目をまわす」といいそう。

ことによっては目をまわすだけではすまないかもしれない。

ドレスのサイズが合わなければいいなと、わたしはひそかに思っていた。でもハンナは夢中《むちゅう》になってコンテストがどんなものかを説明した。「審査《しんさ》はまずブルーベリー問題からはじまるの。『メイン州のワイルド・ブルーベリーの生育期はいつか』とか、そういうことをきかれる。ブルーベリー問題で正解《せいかい》が多かった子がつぎの審査《しんさ》に進める。つぎは特技披露《とくぎひろう》と、自分のことを質問されてこたえる一問一答。たとえば去年は『歴史上の有名な女性に会えるとしたら、だれに会いたいか』という質問があったよ」

サルマが顔をしかめる。「歴史上の人なんて知らなかったら?」

「そういうときはほほえんで、審査員《しんさいん》にむかってゆっくり質問をくりかえすの」

ハンナはサルマにコンテストのことを一から説明できてうれしそう。わたしはいつもぜんぜん関心がなかったからね。

「そうすれば答えを考える時間をかせげるでしょう。こんな感じよ」ハンナはすっと立ちあがり、ひとつ大きく息をすると明るい笑顔をつくった。「歴史上の有名な女性に会えるとしたら、だれに会いたいかですね。むずかしいです。会いたい人がたくさんいるんですもの!でもひとり、歴史上の有名な女性に会えるとしたら、ぜひエレノア・ルーズベルトに会いたいです。やさしくて、かしこくて、勇敢《ゆうかん》で、世のなかをよくするため、たくさんすばらしいことをした人ですから」

「すごい」サルマは感心したようだ。

わたしもうなずいた。ハンナはほんとうにこういうのがうまい。「さすが、クイーンだけのことはあるよね」

ハンナは心からうれしそうだった。「去年はね、『動物園で一番好きな動物はなに』という質問もあったよ」

「動物園で一番好きな動物?」サルマがぼそりといった。

「だめだめ。質問をくりかえすときに、『なに、そのわけわかんない質問』みたいないい方はしないの。減点《げんてん》されるよ。答えを思いつかなかったら、にっこりほほえんで、ほんとうっぽい答えを考えだすの。自信たっぷりにいえばばれないから。もう一回練習しよう。動物園で一番好きな動物はなに?」

「動物園であたしが一番好きな動物ですね」サルマはゆっくりこたえる。「ゾウが好きです。美しくて、えっと、家族でくらしておたがいに面倒《めんどう》をみるからです」

「いい感じよ! ほらね。かんたんでしょ。つぎは『えっと』をいわないように気をつけて。去年は『おとなになったら、なにになりたいか』もきかれたかな」

「画家になりたいです」

「それから? たくさん話したほうが審査員《しんさいん》におぼえてもらえる」

「画家になって、自分の家がほしいです。家をきれいな色でぬって、犬のルナとふたりだけですみたいです」

「すごくいい。犬が出てくるとやさしい感じになるよ」

サルマとわたしは顔を見あわせ、ふたりの秘密《ひみつ》を思っていた。空想なら世界はどんなふうにでも望むとおりになる。いなくなった犬を見つけて、永遠にいっしょにいることだってできる。

ハンナはドレスをハンガーからはずした。「合うかどうか着てみるでしょ。ろうかの先にバスルームがあるから。そこで着がえて」

「わあ、重いんだね」サルマはドレスを受けとった。

「コンテスト用のドレスは重いものよ。いいものはとくに。クリスタルがついてるせいね」

サルマはドレスが床《ゆか》につかないよう、うでにまきつけてろうかへ出ていった。

わたしはハンナのベッドにすわった。「ありがとう。サルマを助けてくれて」

ハンナは天井《てんじょう》を見あげた。「こないだ船つき場からあわてて帰っちゃったよね。ちょっと傷《きず》ついた。いっしょにいたくないみたいだったから」

「ごめんなさい。傷《きず》つけるつもりなんてなかった。帰らなくちゃいけなかっただけ」

「サルマとなにかする約束があったんでしょ」

うそがばれたときみたいに、顔が熱くなった。「サルマはラッキーの手術代《しゅじゅつだい》をためる手伝いをしてくれているの」

ほんとうはサルマはそれ以上に友だちだった。でもハンナは星友なんてばかみたいっていうかもしれない。それとも仲間になろうとするかも。そうなったらもうつまらない。ふたりだけの魔法《まほう》は特別。だれかがはいってきた瞬間《しゅんかん》に消えてしまう。

話題を変えたいなと思いながら、ハンナの部屋を見まわした。自分の部屋と同じくらい見なれた部屋。机の上にはよくいっしょに遊んだぬいぐるみがならんでいる。本だなの本はわたしも読んだ本ばかり。しょっちゅう貸《か》し借《か》りをしていたから、どの本もふたりの本みたいな気がする。

でもまえと変わったところもあった。かべに雑誌《ざっし》の切りぬきがたくさんはってある。青い海と高いヤシの木がならぶ海岸の写真。このあたりではまず見ないようなファッションの女の子の写真。それから男の子のアップの写真。わたしは知らないけれどたぶん有名な男の子たちなんだろうな。「新学期が楽しみ？」わたしはなにかいわなければと思ってきいた。

「まあね。漁はもううんざりだから。でもとうさんは手伝ってほしがってる」なんだか話しづらい。よく知らない人と話しているみたい。ようやくバスルームのドアがあき、ろうかを歩くサルマの足音が聞こえると、ほっとした。

きらびやかなドレスを着たサルマは、顔とポニーテールとビーチサンダル以外、サルマではないみたいだった。「ちょっと大きいけど、だいじょうぶ」

「よくにあってる」ハンナの声はおどろいていた。

「コンテストの日までここに置いたままにさせてもらえる？　持ってかえっても、かける場所がないんだ。くつをどうするか考えなくちゃ。フロリダの家にはかわいいサンダルがあるんだけど、ここでは必要ないと思って持ってこなかった」

「でしょうね。サンダルじゃ、ブルーベリー畑の仕事ができないもんね」

ハンナはいじわるをいってるの？　ちがう、とまどっているみたい。きっとライバルにはならないと思ったからドレスをかしてあげると気軽にいったのだろう。

でも、いまはとまどっている。

11

数日後、サルマといっしょに教会の事務所《じむしょ》へ行くと、ラルーさんはおどろいた顔になった。

「リリー、どうしたの。ブースを出すのをやめたくなったんじゃないでしょうね。返金はできないのよ」

「ちがいます。コンテストの申しこみに来たんです。こちらは友だちのサルマです」

「まあ、すてき!」ラルーさんはほほえんで申込書《もうしこみしょ》に手をのばした。「リリー、コンテストに出るのははじめてね。おかあさんもよろこぶわよ。ダニエルはすごく美人で、歌もとてもじょうずだったわ。ダニエルの連続優勝《ゆうしょう》の記録はいまもやぶられていないのよ」

わたしは顔が赤くなる。「いえ、申しこむのはわたしじゃありません。サルマだけです」

「そうだったの」ラルーさんは申込書《もうしこみしょ》に目を通した。「ええと、そうね。出場資格《しかく》にここの住人であることというのはないわ」

「いまはここにすんでいます」サルマがいった。

「そうね。だけど――」ラルーさんはいいたいことを飲みこむみたいに、下くちびるをかんだ。

ふつふつと怒《いか》りがわいてきた。わたしとはちがって、サルマはコンテストに出たがっている。ニューハンプシャーの子が出たのなら、サルマだって出られるよね！　自分でもびっくりするようなきつい目でラルーさんを見た。「ほかの女の子たち全員がかないっこないくらい、サルマはブルーベリーをさわってるし、よく知っています。ブルーベリー畑で働く人がいなかったら、ブルーベリーのないブルーベリー・フェスティバルになるんですよ」

「そのとおりね」ラルーさんは息をつくと、てきぱき話しだした。「申込書《もうしこみしょ》は問題ないようね」全部記入されているか鉛筆《えんぴつ》でチェックしていく。「名前、生年月日、貯蓄債券《ちょちくさいけん》を受けとるのに必要な社会保障《ほしょう》番号、学年、保護者《ほごしゃ》の名前。申込書《もうしこみしょ》をコピーしてわたすわね。原本はこちらであずかります」

ラルーさんは申込書《もうしこみしょ》のコピーをとって、たなから青色のノートを出す。「サルマ、これまでにコンテストに出たことはあるの？」

「いいえ、はじめてです。楽しそうだなと思って」

「ええ、とっても楽しいわよ！　フェスティバルの目玉ですからね！　きれいにドレスアップするのよ。たくさんの人が見にきて応援《おうえん》してくれるわ」

　わたしにはちっとも楽しそうと思えないけれど、サルマは笑顔《えがお》になった。

「美しさと、ブルーベリー問題、特技披露《とくぎひろう》、一問一答で審査《しんさ》されます。美しさには髪型《かみがた》やメイク、ドレスもふくまれます。コンテスト用のドレスは持っている？」

「リリーの友だちのハンナが去年着たドレスをかしてくれます。それより特技披露《とくぎひろう》はどんなことをするのか教えてください」

「歌が多いわね。ダンスも人気があるわ。いつだったか、バトントワリングをした子がいたけど最後にたいへんなことになってね。バトンが客席にとんでいったの！　あなた、バトンはしないわね？」

　サルマは首をふった。「芸術《げいじゅつ》も特技《とくぎ》になりますか？　あたしがかいた絵をお客さんに見せたいんですけど」

ラルーさんはとまどっていた。

「なんだって最初がありますよね」わたしは大きな声でいった。「サルマの絵は芸術《げいじゅつ》なんです。りっぱな特技《とくぎ》です」

「芸術《げいじゅつ》？」ラルーさんはサルマの申込書《もうしこみしょ》をノートにはさんだ。「毎年グロリアス・ヘア・スタイリングという美容院《びよういん》がコンテスト出場者に無料で髪《かみ》のセットをしてくれます。四時からよ。場所はフェスティバル会場の手づくり工芸の小屋のなか。でもまだドレスは着ていかないでね。美容師《びようし》がなにかこぼすといけないから。ヘアセットのようすを見にくる人もいて、美容師《びようし》たちもおしゃべりすることがあるのよ。去年、ニコール・ティボドーはかわいそうなことになったわ。ドレスのえりもとに担当《たんとう》の美容師《びようし》がジェルをべったりつけてしまってね」

ラルーさんのおしゃべりを聞いていると、わたしはどんどんおちこんできた。サルマはキャンプにすんでいる。すばらしい特技《とくぎ》はある。でも、ほかの出場者たちはたいてい知り合いどうしなのに、サルマのことはだれも知らない。最初から不安はあったけど、ラルーさんのせいで不安は十倍にもふくらんだ。

「髪《かみ》の毛を切ることはないですよね？　まいたりするだけですよね」サルマがきいた。

ラルーさんは申込書《もうしこみしょ》のコピーをわたした。「してほしくないことを美容師《びようし》はしないわ。でもあなたが自分の娘だったら、わたしがねんのためについていくわね」

サルマのおかあさんが来られるとは思えない。「わたしがついていきます」

「六時半には教会に来ること。コンテストは七時ちょうどにはじまるわ」

「ドレスと絵のほかにいるものはありますか」

「あとはすてきな笑顔《えがお》だけよ」ラルーさんはいった。

家へむかって歩いているあいだ、サルマはだまっていた。やがてこういった。「これまでキャンプにすんでる子がコンテストに出場することはなかったんだろうね」

「うん。サルマがはじめてだと思う。ほんとうに出たい？」

「よくわからない」サルマはまえの道をむいたまままいった。「家族の手伝いをするのは好きだけど、おとなになったら畑の仕事はしたくないんだ。でも大学に行くためのお金はうちにはない。すごくお金がかかるよね」

「うん。すごく高いと思う」

「賞品は貯蓄債券《ちょちくさいけん》だってハンナがいったとき、きっかけになるかもしれないと思った。あたしのお金になるから。いまあたしがかせいだお金は家族みんなのものになる。でも貯蓄債《ちょちくさい》券《けん》がいいのは、いまではなく先になってからお金がもらえるところ。未来を約束するものとして、とっておくんだ。ばかみたいかな」

こんなに元気のないサルマははじめてだった。いつもの自信はどうしちゃったの。「ううん。ちっともばかみたいじゃない」

サルマは小さな石をけった。「ラルーさんはぜったいあたしは優勝《ゆうしょう》しないと思ってる。キャンプの子だから。みんな、あたしたちが働きにくるのは歓迎《かんげい》するけど、透明《とうめい》人間でいてほしいんだよ」

わたしははずかしかった。サルマのいうとおりだから。サルマに会うまでは、毎年夏になると来て、いつのまにかいなくなる労働者家族のことを気にもしていなかった。たいていそういう人たちでかたまり、わたしたちと接《せっ》することはない。ただそこにいて、ある日いなくなる人たち。

でもサルマと友だちになってから、わたしは見方が変わった。サルマならほかの人の見方も変えられるはず。おかあさんがフランス系《けい》カナダ人ではじめて優勝《ゆうしょう》してクイーンになったときに、みんなの考えを変えたみたいに。おかあさんが優勝《ゆうしょう》するわけないと思ってた人もいただろう。それでもおかあさんは挑戦《ちょうせん》して、みんなの目のまえでやりとげた。

わたしは胸《むね》をはった。「だれかがはじめての人にならなくちゃ。サルマが優勝《ゆうしょう》するはずないと思う人がいるなら、わたしたちがするべきことはひとつだけ」

「なに?」サルマはやっと顔をあげた。

「それはまちがいだって証明《しょうめい》するの」

12

夏のはじめにはいつも、時間はたっぷりある気がする。カレンダーは真っ白で、まぶしい太陽、海からふく熱い風、真夜中の雷雨《らいう》、はだしで走る草原があるだけ。毎日午後にはしたいことを全部できて、そのうえ、なにもしない日だって残っている。

でもどういうわけか、夏はあっというまにすぎていく。わくわくする自由で楽しい気分は八月になるとしぼんでいき、ブルーベリー・フェスティバルが終われば夏も終わり、サルマはいなくなるのだと思うと、胸《むね》がしめつけられるような悲しい気持ちになった。

サルマといるときは、とにかくたくさんハチの家に絵をかいた。コーヒー台にはお客さんがたびたび来るけれど、おかまいなしに絵をかいて、ブルーベリー問題の特訓もした。

「ではつぎの問題です。どうしてブルーベリーはいまも人の手で収穫《しゅうかく》するのでしょう。なぜ機械化しないのでしょう」

「石が理由です」サルマはシーラベンダーの小さな花をかきながらこたえた。「畑がある土地はもともと石や岩が多いのですが、とりのぞくには高いお金がかかります。人なら機械が行けない場所にもはいっていけます」

「正解《せいかい》」わたしはサルマがウィンスロップさんの事務所《じむしょ》からもらってきた『メイン州のワイルド・ブルーベリー』というパンフレットを見てつぎの問題を出す。「メイン州でワイルド・ブルーベリーがとれる季節はいつですか」

「それは勉強しなくても知ってる。七月の後半から九月の前半です」

「そのあとサルマはどこに行くの？」わたしは思わずきいていた。

サルマは手を止めて顔をあげる。「リンゴの季節だから、ペンシルベニアかもしれない。そうだったらいいな。ペンシルベニアの学校にいる美術《びじゅつ》の先生が大好きなの。ダンベリー先生っていう女の先生だけど、あたしの星友のひとり。先生がいるから分数もがまんできる」

「分数？　どういうこと？」

「ペンシルベニアの学校はフロリダの学校より算数の授業《じゅぎょう》がちょっとおくれてるんだよ。四年生でペンシルベニアから転校するとき、分数のたし算とひき算をまだやってなかった。でもフロリダの学校にもどったら、もうその授業《じゅぎょう》は終わってた。だから教わらないままで、分母を変えないといけない分数のたし算とひき算の問題はいつもまちがっちゃう。みんなは知っているのにあたしだけ知らないからって、頭が悪いと思われたり、からかわれたりするんだからひどいよ」

「それはいやだよね。どちらかの学校で放課後の補習《ほしゅう》はないの？　わたしは小数で補習《ほしゅう》を受けなくちゃいけなかったよ。小数点、大っきらい！　あんな小さい点がつくだけで一気にむずかしくなるなんて信じらんない！」

サルマは肩《かた》をすくめた。「放課後に残るのはむりなんだ。むかえにきてくれる人がいないから。そんなことより、ブルーベリー問題を出して」

わたしはまたパンフレットを見た。「メイン州で収穫《しゅうかく》される低木のワイルド・ブルーベリーは、アメリカ全体の収穫量《しゅうかくりょう》の何パーセントでしょう」

「九十八パーセントです」

「正解《せいかい》！　メイン州のお菓子《かし》はなんでしょう」

「ブルーベリーパイです」

「何年まえだったか、州の菓子《かし》はウーピーパイだといいだした人たちもいたなあ」いきなり声がして、わたしもサルマもびっくりした。

マーティー・ジョンソンさんが横でコーヒーをいれながら、わたしたちの話を聞いていたみたい。ちっとも気がつかなかった。

「だけどブルーベリーパイ派《は》が勝ったんだよ。じゃあ、問題だ。ブルーベリー畑はどうやって手入れをするでしょう」マーティーさんが問題を出した。

サルマは笑顔《えがお》でこたえた。「一年ごとに刈《か》りとるか、焼きます。だけど、焼いても木は死なないのかな」

「燃《も》やすのは土の上だけだよ。焼き畑は雑草《ざっそう》をなくして、病気をふせぐ。焼いたあと真っ先に息をふきかえすのがブルーベリーだ。燃《も》やすことでよく育つようになる。では、ブルーベリーの実のてっぺんをなんというでしょう」

「がくです。五つの角がある星の形をしています」

「大正解《だいせいかい》！」マーティーさんはコーヒーにプラスチックのふたをかぶせた。「その調子でがんばれ！　うまくいくよ！」

ラルーさんはあまり賛成《さんせい》しないようすだったので、こうして応援《おうえん》してくれる人がいるとすごくうれしい。マーティーさんがいなくなると、わたしはまたパンフレットを見て問題を出した。「メイン州でワイルド・ブルーベリーの缶詰製造《かんづめせいぞう》が一般的になったのはいつですか」

「南北戦争時代です。ブルーベリーの缶詰《かんづめ》が北軍に送られました」

ねそべっていたラッキーが体をおこして小さくほえた。見ると、通路にいる女性のお客さんがジャーマン・シェパードをつれている。赤と黒のベストをつけた介助犬《かいじょけん》だ。

「ラッキー、しーっ。あの犬はだいじょうぶ。なにもしないよ」

ラッキーは立ちあがってしっぽをふった。わたしは首輪をしっかりつかんで、介助犬《かいじょけん》のほうへ行かないようにした。

「ラッキーは友だちになりたいみたいね」サルマがいった。

「介助犬《かいじょけん》の気を散らしたらいけないの。ラッキーはすぐにこうふんするからね。仕事のじゃまになるかもしれないでしょ。それにラッキーのせいで飼《か》い主さんがけがをするんじゃないかって介助犬《かいじょけん》を心配させるかもしれない」わたしは首輪をつかんだまま、またパンフレットを見た。「ワイルド・ブルーベリーはどのように繁殖《はんしょく》しますか」

「土の下で地下茎《ちかけい》をのばします。これが新しい根や茎《くき》になります。原野の地下にはたくさんの種類の地下茎《ちかけい》がのびているので、実はいろんな色、大きさ、それから──えっと」サルマが顔をしかめた。

「どうしたの」

「がんばって『えっと』っていわないようにしてるのに！　いろんな色、大きさ、それから──」

「味だよ」わたしはラッキーをテーブルの下にすわらせた。「特訓はもう終わりにしよう。わたしよりずっとよく知ってるんだから！」

「でも正解《せいかい》が多くないと、特技披露《とくぎひろう》に進めないんだよ」

ドアにつけたベルが鳴って、女の人と介助犬《かいじょけん》が店を出ていった。なにごともなくてよかった。ラッキーはまたテーブルの下でねそべり、わたしの足にあごをのせた。しばらくそうしているとラッキーがおちついたので、わたしは新しいハチの家をとり、カエデの葉のステンシルを選んだ。これを使うのはひさしぶり。

「ステンシルを使わないで絵をかいてみたら？　思ってる以上にうまくかけるかも」

「思ってる以上にへたになるかも」

「それでもリリーの作品になるよ。だから、あたしは絵が好きなんだ。あたしがかいた絵は、ほかのだれでもない、あたし自身になるから」

そんなことがいえるのはサルマだからだよ。わたしなんて自分でかいたハチの家を芸術《げいじゅつ》だと思ったことはないし、サインをしたこともない。それでも、ステンシルを使った絵はわたしの作品ではないようにいわれて傷《きず》ついた。「だれでもサルマみたいに絵がじょうずなわけじゃない。わたしはとにかく売りたいの。いまは新しい挑戦《ちょうせん》をするときではないと思う」

「挑戦《ちょうせん》するのがこわい？」

「サルマも分数をこわがってるよね」わたしはついムッとした顔になる。「失敗したらハチの家がもったいない」

「ブルーベリー・エンチラーダはどうなの。新しく挑戦《ちょうせん》するんでしょう?」

「うん」これはもう決めていた。買うのを迷《まよ》う人のために、試食もすこし用意するつもり。

サルマはにっこりわらった。「トルティーヤはママがつくってくれるって。でもブルーベリーは持ってこれない。ウィンスロップさんはあたしたちが食べる分をすこしくらいならとらせてくれるんだよ。でも売るためのブルーベリーはだめ」

「ブルーベリーをとれる場所を知ってる。サルマは手伝わなくていいよ。一日じゅう収穫《しゅうかく》の仕事をしてるんだから」

「リリーとブルーベリーつみをするのは仕事じゃないよ。はやくいっぱいとれるからレーキを持っていくね。どこでまちあわせる?」

「キャンプから近いんだよ。あした、ばんごはんのあとむかえにいく」わたしはカエデの葉のステンシルをハチの家にテープでとめた。そしてテーブルにひらいたままのパンフレットを見た。「ブルーベリーの収穫《しゅうかく》に使うレーキが発明されたのはいつでしょう」

「一九一〇年」

そのあとも問題を出し、サルマはこたえていった。やがてテーブルの上のたなが乾燥中《かんそうちゅう》のハチの家でいっぱいになった。

13

つぎの日、はやめにごはんを食べ、暗くなるまですこしでも長くブルーベリーつみをしたくて、急いで家を出た。

ラッキーをつれてキャンプまで歩いていく。事務所《じむしょ》にはよらなかった。このまえウィンスロップさんがいたけど、名前を書くようにいわれなかったから。それに、きょうは犬もいるのでどう思われるのか心配だった。

小屋のまわりで子どもたちが鬼《おに》ごっこをし、二本の木にわたしたロープに女の人が洗濯《せんたく》物《もの》をほしている。わたしが先に歩き、ラッキーはついてきた。右をむいてクンクン、左をむいてクンクン。ここは知らないにおいだらけだものね。「おいで」わたしはラッキーをひっぱった。

サルマのおかあさんが小屋の入り口にすわって、足のつめにゴールドのマニキュアをぬっていた。「くさいね！」といって、足を指さした。

「でも、いい色」

「リリー！」サルマが出てきた。ドアを通るときにおかあさんにぶつかり、マニキュアの小さなハケがつめからはみ出した。「サルマ！」

「ごめんなさい、ママ。レーキを二個かりていくね」サルマはこちらを見てわらった。「こんにちは、ラッキー！」

ラッキーはすごいいきおいでしっぽをふり、リードをひっぱってサルマをさがす。サルマが草にすわると、ラッキーはひざにとびのった。ラッキーの大きな体にサルマがすっぽりかくれて、おもしろかった。

「リリー、来て」サルマのおかあさんがとなりにすわるようにと手まねきした。

サルマがいらいらしたようにスペイン語でなにかいい、おかあさんがなにかこたえた。おかあさんが首をふると、サルマは肩《かた》をおとした。「ママがリリーにマニキュアをぬりたいんだって。急いでるっていったんだけど、すぐにかわくからって」

わたしはあまりマニキュアをしないし、ゴールドなんてぬったことない。でもサルマがやめてといっても、ぬるっていうのなら、いうとおりにするしかない。

ラッキーのリードをサルマにわたしてすわった。

サルマのおかあさんはわたしの手をとって、マニキュアをぬりはじめた。となりにすわるのははじめてだった。ならんですわったことがある〝おかあさん〟は、ハンナのおかあさんだけだったから胸《むね》がきゅっとなった。うれしいような悲しいような、おかしな感じ。

「ほんとうにブルーベリーつみを手伝ってくれるの？　いやならいいんだよ」わたしはサルマにきいた。

「いやじゃないよ」サルマはラッキーのうしろから顔を出してにんまりわらった。「あたしのほうが断然《だんぜん》はやいから！」

わたしもわらった。「それはそうだよ！」

つめの上を小さなハケが行ったり来たりし、わたしの手ではないみたいになってきた。全部のつめがゴールドになると、サルマのおかあさんはわたしの両手を持ちあげて、息をふきかけた。

緊張《きんちょう》する。できあがるのがちょっとさびしい。「ありがとう――グラシアス。きれい」

「さあ、行こう。レーキはあたしが持つ。リリーは歩きながらつめをかわかせばいいよ」

わたしはうでにリードをまきつけ、両手はまえにつきだした。マニキュアをだいなしにしたくなかった。歩きだしてから何度かふりかえって、小屋の入り口にいるサルマのおかあさんを見た。だれかのつめにマニキュアをぬるなんて、ちょっとしたことだけれど、母親がすることだよね。娘みたいにされて、胸《むね》のなかがどうしようもなくざわついていた。

わたしがおかあさんに会える場所がひとつだけある。いまサルマとむかっていた。その場所に着くと、サルマはレーキを下に置き、手をおでこから胸《むね》、そして肩《かた》から肩《かた》へ動かして、十字をきった。「お墓《はか》?」

「いつもここでブルーベリーをつむの。ここのブルーベリーはだれのでもない。みんなのものだから」

わたしが金属製《きんぞくせい》の門をあけるのをラッキーはじっと待った。「まわりにフェンスがあるから、ラッキーをはなして走らせてもだいじょうぶ」なかにはいって門をしめる。

「お墓《はか》の石にぶつかったら、けがするんじゃない？」

わたしはわらって、リードをはずした。「見てて」

ラッキーはあたりの空気のにおいをかぐと、せまい墓地《ぼち》の細い道をかけだした。角に来るたび、かんぺきにまがって走っていく。

「どうしてわかるの？」

「目が見えていたときから、ここには何回も来てるから」帰りにまたつけるので、リードをだらりとフェンスにかけておく。「ここはずっと変わってない。ほとんど。ラッキーはどこになにがあるかおぼえてるんだよ」ラッキーはふたつの墓石《ぼせき》のあいだで止まり、歩道のにおいをかいだ。その近くを黄と黒のチョウや、メイソンビーがとびまわる。目が見えていたときは、とんでいる虫によくとびかかっていた。でもいまは音が聞こえるくらい近づかないとラッキーにはわからない。

金網《かなあみ》のフェンスのそばに青いしげみがあり、遠くからでもブルーベリーの実がいっぱいなっているのがわかった。「あそこのブルーベリーが最高なの。フェンスの近くは刈《か》らないからよく育つんだよ」

足の下のハナゴケが、秋に落ち葉の上を歩くときのような音をたてる。ほかに聞こえるのは兵士の墓《はか》に立つ小さな国旗が風にゆれる音と、虫の羽音、鳥の鳴き声、そしてそばの砂利道《じゃりみち》をときたま走りすぎる自動車の音くらい。

「幽霊《ゆうれい》はこわくない？　お墓《はか》から家まで幽霊《ゆうれい》についてこられた人を知ってる。本人がそういっているだけだけど」

墓石《ぼせき》は全部、道路のむこうに広がるブルーベリー畑のほうをむいている。まるで見まもっているみたいに。「いい幽霊《ゆうれい》なら、わたしは平気」

「ここにリリーのおかあさんがいるの？」

わたしはうなずいて、さびたゴミ缶《かん》の横を通り、色あせた造花《ぞうか》や小さなソーラーライトのある墓石《ぼせき》をいくつか通りすぎて、ピンクの御影石《みかげいし》のお墓《はか》まで来た。墓石《ぼせき》の上には石の子《こ》熊《ぐま》がのっている。おかあさんは子どものころ、おじいちゃんから子熊《こぐま》ちゃんとよばれていたんだって。わたしにとってはおとなのおかあさんが、だれかにとってはかわいい娘なんだって思うとなんだか不思議。

「おかあさんはどうして?」

風がふいて、髪《かみ》の毛がすこし顔にかかった。はらいのけずそのままにする。「交通事故《じこ》」

サルマのほうは見ない。だってこの話はいつも場をこおらせる。相手はどういえばいいのかわからないし、そのせいでわたしも二重につらくなる。事実がそもそもつらいのに、相手に気まずい思いをさせるのもつらい。「ラッキーがやったことで、おかあさんはメールとけんかになったの。おかあさんは家を出ていった。そのまま車の運転をしていて、ヘラジカに衝突《しょうとつ》してしまった。ヘラジカは黒っぽい茶色だから夜は見えにくいんだよね。おかあさんも見えなかったんだと思う。道にはブレーキのあとがなかったから。止まろうとしなかったたってこと」

一瞬《いっしゅん》のことだっただろうと、みんなからいわれた。そうだといい。おかあさんもヘラジカもこわがる時間がないくらい一瞬《いっしゅん》のできごとだったと思いたい。

「ずっとフロリダにいればよかったね。フロリダにヘラジカはいない」

「そうだね。でも、おかあさんはフロリダのあとにニューヨークへ行って、そこでおとうさんと出会ったの。フロリダにずっといたら、わたしは生まれてない。だけど、おかあさんのことはおぼえてないんだ。事故《じこ》のとき、まだ二歳《さい》だったから」

これは最大のうらぎりのような気がする。二年間、毎日ずっといっしょにいたのにおぼえていないなんて。タイムトラベルがほんとうにできたらと考えるときがある。魔法《まほう》みたいに過去《かこ》にもどり、わたしと同じ歳《とし》のおかあさんに会えたら、仲よくなれるかな。わたしがおかあさんのことを好きになっても、おかあさんはわたしのことを好きにはならないんじゃないかとこわい。きっとつまらない子だって思われる。

サルマがわたしの肩《かた》をだいた。「ママがよくいうんだけど、だれかのことを思えば、相手はそれを感じられるんだって。思いがとどいて、ふと心があたたかくなるみたい。だからあたしは毎日ルナのことを思うんだ」

ほんとうかどうかわからないけど、サルマといっしょだと信じたくなる。わたしはできるだけ強くおかあさんのことを思った。臆病《おくびょう》にならず大きなことをしようとするおかあさん。ブルーベリー・クイーンのおかあさん。ラッキーとわたしを車に乗せておばあちゃんとおじいちゃんの家に帰ってきたおかあさん。

おかあさんの心はあたたかくなったかな。空の星のもっと上の天国で、わたしの心のなかにはいつもおかあさんがいるってわかってくれてるかな。

「ここにタイガーリリーを植えたらいいね」

「墓地《ぼち》の管理人さんが許可《きょか》しないと思う。刈《か》る仕事がふえちゃうから。道ばたで野生のユリがのびほうだいになってるよね。あれはもう雑草《ざっそう》だよ」

「人になんていわれても、ユリはほこりたかく、どうどうと自信にあふれた花だよ。自分を雑草《ざっそう》とは思わない」サルマはわたしを見てにっこりした。「管理人さんが雑草《ざっそう》を全部ぬきつづけるのはむりじゃない？　どこでも好きなところにはえるのが雑草《ざっそう》だもの」

冬のあいだ土の下でじっと待っていたタイガーリリーの球根が、夏が来るたび、おかあさんのためにいっせいに咲《さ》くのを想像《そうぞう》した。青、緑、ピンク、グレイのなかでぱっとかがやくオレンジ色。

日が低くなり、畑のずっと先に立ちならぶ木にかさなった。サルマはフェンスのところへ行き、ブルーベリーをとりはじめた。片手《かたて》で小型のレーキをにぎり、もう片方《かたほう》の手はぶらぶらとおろしている。ゴールドのマニキュアが夕日を受けて光る。自分でぬったのかな。さっきのわたしみたいに、おかあさんにぬってもらったのかな。

わたしもレーキをにぎった。いままでは指で一個ずつつみとっていた。重いレーキのとがった歯をしげみの下のほうにさしこみ、すくいあげ、とげとげした枝《えだ》からぬく。「手でつむよりずっとはやいね」レーキをうしろにかたむけると、実がころがって集まった。

「うん、はやいでしょ。でも毎日、夜にはうでや肩《かた》がいたくなる。実のてっぺんのぎざぎざは星だってリリーが教えてくれてからは、星を集めているんだって想像《そうぞう》してる。星で満杯《まんぱい》になった箱が積みあがっていくんだよ」

わたしはレーキをバケツの上にかかげて、集めたブルーベリーをコロンコロンとおとしいれる。まざっていた葉っぱは風にふかれてとんでいった。「『※サルのブルーベリーつみ』を読

※アメリカの絵本『Blueberries for Sal』。日本では『サリーのこけももつみ』という書名で翻訳出版された。

んだことある？　すごく古い絵本。サルという女の子がおかあさんとブルーベリーつみに行くの」

「読んだことない。サルってサルマのニックネームかな」

「そうかもね。でも本ではサルって書いてあるだけ。ペペールがよく読んでくれたんだよ。いまもうちにある」

　おかあさんの絵本だった。内側に書いてあるおかあさんの名前を見るためだけにページをひらくこともあった。「サルがおかあさんと丘にブルーベリーつみに行くんだけど、サルはブルーベリーを食べてばっかりなの」わたしはレーキを動かしながら話した。「おかあさんはサルがついてきていると思って、どんどん先に歩いていく。でもサルはブルーベリーを食べているせいでおそくなってる。丘の反対側から、熊《くま》のおかあさんと子どもがやってきて、その子熊《こぐま》もブルーベリーを食べているうちにおくれちゃう。どちらのおかあさんも気がついてない。いつのまにかサルは熊《くま》のおかあさんのところへ行き、子熊《こぐま》はサルのおかあさんのところに行ってしまう。おかあさんたちは自分の子どもだと思ってふりむくんだよね」

「どうなるの？」

「それはびっくりでしょ！　あわてて自分の子どもを見つけにいく」

このお話がほんとうだったらなって思う。熊《くま》が出てくるのはこまるけど。おかあさんがふりむいて、わたしを置いてずっと先に来てしまったと気づいてくれたらいいのに。それから、わたしのところへもどってきてほしい。

「それだけ？　それだけの話？」

それだけっていった？「うん、そうだよ。ハッピーエンド。みんなが自分のいるべきところにもどるんだもの」

「自分のいるところが好きな人にはハッピーエンドだね。リリーはずっとここにすみたい？」

「おとなになったら別の場所にすむかもしれないよ。でもここにすんでるメールとペールに会いにきたいし、おかあさんのお墓《はか》にも来たい。だからそんなに遠くへは行かないと思う」

「そんなふうに思えたらいいな。あたしはあちこち移動《いどう》してるから自分の居場所だと思えるのが車のなかしかないんだよ。いやになっちゃう。コンテストで優勝《ゆうしょう》したら、あたしがここにいる意味があると思える気がする。ブルーベリーの収穫《しゅうかく》に来てるだけの、みんなに忘《わす》れられる子ではなくなるんじゃないかって思う」

「わたしは忘《わす》れないよ。ラッキーもサルマのことを忘《わす》れない」自分もお金がいるのに、ラッキーの手術《しゅじゅつ》のためにお金をためる手伝いをしてくれて悪いなと胸《むね》がいたんだ。でもラッキーの手術《しゅじゅつ》にはものすごくお金がかかる。サルマにあげるよぶんなお金はない。ほしいものがふたつあるのに、両方は手にはいらないとわかっているのはつらい。でもラッキーを見すてるわけにはいかない。ラッキーにはわたしが必要だもの。

「いつか、小さな自分の家ができたら、あたしとルナに会いにきて。ラッキーもつれておいでよ」

わたしはうなずいたけど、現実《げんじつ》をわかっていた。ラッキーはもう老犬だ。わたしがおとなになるまでずっといっしょにはいられない。ルナもそう。犬の寿命《じゅみょう》はそんなに長くない。

でもこれは空想だから。空想なら世界はどんなふうにでも望むとおりになると、サルマはいった。「遊びにいくときはラッキーをつれていくね。ブルーベリーも持っていくからブルーベリー・エンチラーダをつくろう」

「あたしはコンテストの王冠《おうかん》をかぶる！」

大きなバケツがブルーベリーでいっぱいになったときには、夕日は空のずっと低くまでおりていた。ラッキーは門のところでじっと待ち、わたしにリードをちゃんとつけさせた。

「サルとブルーベリーつみに行きましたってペールにいえるね。ラッキーが熊《くま》ということにしよう」

「バケツは星でいっぱいになりましたってね」

「星は一個へって」サルマはブルーベリーを一個口にほうりこんだ。「おなかのなか」

サルマは小さな濃い青色のブルーベリーを一個さしだした。「願いごとをしてから食べて」

願いというと、過去《かこ》にもどって悪いできごとをやりなおしたいと真っ先に思いうかぶ。でもそんな願いごと、かなうわけない。

わたしはラッキーかサルマか、どちらかを選べないので、ブルーベリーをもう一個とった。

こちらはあわいピンク色のブルーベリー。一個はラッキーのため。もう一個はサルマのため。これでふたつの願いごとができる。

濃い青色の実を食べた。あたたかな青い果汁が口のなかにひろがり、大地と太陽の味がする。〝ラッキーの目を治すためのお金が集まりますように〟それからあわいピンク色の実を食べた。〝サルマがダウンイースト・ブルーベリー・クイーンになって、貯蓄債券《ちょちくさいけん》をもらえますように〟

家まで歩きながら、あたたかいブルーベリーをいくつも食べた。歯のあいだに種がはさまり、くちびると指が青くなった。赤いのも青いのも食べた。黒いのもむらさきのも、それからすこしだけしま模様《もよう》の実も食べた。あまい実もすっぱい実も、あまずっぱい実も食べた。

星でおなかがいっぱいになった。

14

コンテストのまえの日、することリストをひろげた。

1 ブルーベリー・エンチラーダの具をつくる。（リリー）
2 トルティーヤをつくる。（サルマ）
3 コンテストの特技披露《とくぎひろう》で見せるハチの家を三個選んで、スピーチの練習をする。（サルマ）
4 ハンナの家へサルマのドレスをとりにいく。白いサンダルをサルマにかす。（リリー）
5 残りのハチの家の絵をしあげる。フェスティバルまでにかわくように。（リリー）
6 フェスティバル会場に持っていく荷物をまとめる。（リリー）
7 サルマの髪《かみ》をセットしてもらうため、ペペールに車で4時に手づくり工芸の小屋へ

送ってもらう。（リリー）
8　コンテストのため6時半に教会へ行く。（サルマ）
9　成功を祈《いの》る。（リリーとサルマ）

いまのうちにブルーベリーの具をつくっておけば時間が節約できる。フェスティバル当日はあたためるだけでいい。台所でブルーベリーを煮《に》ていると、おばあちゃんとパイを焼くときみたいに家じゅうがあまいかおりでいっぱいになった。火を止めて、完成した具をさますため、大きななべごと電子レンジの上に置いた。ラッキーがぜったいとどかない場所。

「待て」ラッキーにいってからドアへむかおうとした。でもラッキーはおでこにしわをよせて、悲しそうにクーンと鳴いた。「わかったよ。おいで」

ラッキーはうれしくてたまらないようすで台所をはねまわる。リードをつけるのがたいへん。

これからサルマのドレスをとりにいくのだから、ラッキーはつれていかないほうがいいんだろうけど。ラッキーのリードを持って、重いドレスを運ぶなんてできるのかな。でも、なんとかしなきゃ。

ラッキーをつれて店へおりると、おじいちゃんはミゲルと話していた。おばあちゃんはレジで観光客の家族にブルーベリーパイを売っている。「三十分でもどるね。サルマがコンテストで着るドレスをとってくる」

「掲示板《けいじばん》の下にダウンイースト・ブルーベリー・フェスティバルの予定表を置いていますので、よかったらお持ちください」おばあちゃんが観光客の家族にあいそよくいう。それからわたしのほうを見た。「帰りがおそくなるなら電話しなさい。気をつけてね」

そういってからも、おばあちゃんは注意したいことがまだ出てくる。「どうして犬をつれていくの？　ドレスがよごれるよ」

「ラッキーが着るわけじゃないでしょ」

いうんじゃなかった。おばあちゃんの顔がきびしくなった。「審査員《しんさいん》はドレスのこまかいところまでしっかり見るからね。ラッキーにとびかかられて、ドレスを持ったままころんだらどうする？　ふんづけて足あとがついたらどうするんだい。洗濯機《せんたくき》で洗えるようなものではないんだよ！」

びっくり。なんで知ってるの？

疑問《ぎもん》の答えは小さな雨粒《あまつぶ》がふってくるようにだんだんわかるときもあれば、波のようにおしよせて一気にわかるときもある。おばあちゃんはおかあさんがコンテストに出たとき手伝ったんだね。

いっしょにドレスを買いにいったの？

したくするのを手伝った？

もしかしたら、それがフェスティバルの日、おばあちゃんがずっと店にいる理由かもしれない。店番をしなきゃいけないからだと、これまで思っていた。そうじゃなくて、コンテストを見るのがつらいのでは？

いいたいのにいえない言葉と、たずねたくてたまらない質問とで胸《むね》が重かった。おばあちゃんは観光客を見おくっている。

ラッキーを先に外に出しながら、わたしは考えていた。おばあちゃんはコンテストで優《ゆう》勝《しょう》したおかあさんをほこらしく思ったかな。おかあさんは三年つづけて優《ゆう》勝《しょう》したのだもの、一問一答でもとてもうまくこたえたはず。どんな質問をされたのか知りたい。それ以上に、おかあさんの答えを知りたい。

だいじなことを知らないのは悲しいけど、ささいなことを知らないのもやっぱり悲しい。おかあさんが動物園で一番好きな動物はなんだったの？　会ってみたい有名人はだれだった？　どんな答えでもかまわない。ただ知りたかった。

キャッツ先生が庭に出ているのを見て、ラッキーのリードをひっぱった。

「こんにちは。散歩にぴったりのお天気ね」

「ハンナの家にブルーベリー・クイーン・コンテストのドレスをとりにいくところなんです」

キャッツ先生はスコップを置いて立ちあがった。「コンテストに出るの？」そういって、ジーンズについた土をはらう。

「いいえ、出るのは友だちのサルマです。ハンナがドレスをかしてくれるので、わたしがとりにいくんです。でもわたし、フェスティバルでブースを出すんですよ！　ハチの家とブルーベリー・エンチラーダを売ります」

「まあ！　すごいじゃない。ハチの家を売るのね。よかった。まだお店に買いにいけてなかったんだけど、フェスティバルには行く予定だから。動物愛護《あいご》協会のブースで狂犬病予防注射《きょうけんびょうよぼうちゅうしゃ》の無料接種《せっしゅ》をボランティアで手伝うのよ。時間を見つけてタイガーリリーのブースによるわね」先生は手をさしだして、ラッキーにおいをかがせた。「ラッキーの目を見せて」

わたしはドキドキしながら待った。「どうですか」悪いといわれたらどうしようと歯をかみしめる。

「悪くはなっていないけど、よくもなっていない。ほぼ変化なし」

よかった！　まだ治せるってこと。「フェスティバルでかせいだお金を手術代《しゅじゅつだい》にしたいと思っているんです」

先生がなにかいおうとしたので、わたしは手をあげて先にいった。「わかってます！　ぜったいに治るわけじゃないんでしょ。でもペペールがよくいうんです。なにごともやってみないとわからんよって。そうですよね？」

「そうね。でも老犬にとって手術《しゅじゅつ》は大きな負担《ふたん》になることだけは忘《わす》れないでほしいの」

「目が見えないのも負担《ふたん》になっています。これは大きなチャンスです。ラッキーのためにできることはなんでもします」

先生はほほえんだ。「タイガーリリーはおかあさんに似《に》て意志《いし》が強いわね」

意志《いし》が強い？　思ったこともなかったけど、先生はまじめにいってくれてるみたい。「先生、知ってます？　わたしのことをタイガーリリーってよんでもいいのは先生だけなんですよ。先生がいうと、いい名前に聞こえるから」

「いい名前よ！　タイガーリリーはきれいな花で、きれいな名前。おかあさんがつけた名前じゃない。おかあさんはその名前を聞きたがってると思う」

おかあさんとキャッツ先生みたいに、わたしも自分の名前をきれいだと思いたい。雑草《ざっそう》といわれているけれど花だもの。「みんなはリリーのほうがよびやすいみたいです。でも先生はこれからもタイガーリリーってよんでください」

先生はうなずいた。「フェスティバルでね、タイガーリリー」

キャッツ先生のところに寄《よ》り道をしたのでハンナの家に着くのがすこしおそくなった。でもだいじょうぶ。ドレスを受けとったら急いで帰ろう。ほかにもまだすることがある。

玄関《げんかん》ドアがあいて出てきたのはハンナのおかあさんではなく、ハンナだった。

「ハンナ、いたの！　おとうさんの漁を手伝いにいってると思ってた」

「はやめに切りあげて、あしたのドレスを着てかあさんに直してもらってたの」

ラッキーはハンナに会えたのがうれしくて、台所のなかをはねまわった。ふっているしっぽがあたってテーブルから雑誌《ざっし》がおちた。

「サルマのドレス、用意しておいたよ」ハンナは台所のフックにかけてあった衣装袋《いしょうぶくろ》をとった。青いドレスは袋《ふくろ》にいれられファスナーをしめてある。ほっとした。これならよごれないし、運びやすい。

「わたしのドレス見たい？　かあさんがいまアイロンをかけてくれた。今年は目立ちたくて変わった色にしたの」

青色のサッシュベルトがついた、光沢《こうたく》のある銀色のドレスが冷蔵庫《れいぞうこ》の横にかけてあった。

「すごい。ピカピカだね。魚みたい」

ハンナの笑顔《えがお》が消えた。

「きれいな魚だよ。日の光をあびるマスみたいな」まずい。どんどん悪くなる。あわてていいなおす。「というより、海できらきら反射《はんしゃ》する太陽みたい」

「銀色にしたのがまちがいでなければいいんだけど」ハンナは下くちびるをなめる。「一度優勝《ゆうしょう》したら、つぎの年はもっと期待されるんだもん」

おかあさんもこんなふうに心配したのかな。毎年たいへんになっていくと感じたのだろうか。どんな気持ちで三年もつづけて挑戦《ちょうせん》したんだろう。

「あしたの夜はわたしを応援《おうえん》してくれるの？　それともサルマの応援《おうえん》？」

ハンナが不安そうな目できいてきたのでおどろいた。なんてこたえればいいの。ふたりとも友だちで、ふたりとも優勝《ゆうしょう》したがっている。

でもわたしは自分でもびっくりするぐらいはっきりこたえていた。「サルマが優勝《ゆうしょう》しなくちゃいけない」

ハンナは目をそらした。「わかった。じゃあ、あしたね」

ラッキーにひっぱられながら家へ帰る。まだすることがたくさんあるから急いで帰りたいのに足が重い。ハンナとわたしは小さいときからずっと〝いつもいっしょのふたご〟みたいだった。先に離《はな》れていったのはハンナだ。

いま、わたしも離《はな》れてしまった。

夜、テーブルにむかって、残った二個のハチの家に絵をかいた。一個めはカエデの葉っぱのステンシルを置いて秋の色をぬった。二個めはブルーベリーとハチのステンシルにしようとした。

ふと手を止める。

ハチの家を売りたい。だから、いまは新しい挑戦《ちょうせん》をするときじゃないと思う。芸術《げいじゅつ》をめざして失敗してハチの家をむだにしたくない。

でもステンシルを横にどけた。

ハチの家はいつもと同じ大きさなのに、なぜだかずっと大きく感じた。何色からぬればいいの。

サルマなら迷《まよ》わない。どんな色でもさっと手にとってかいていく。わたしはオレンジ色を選んだ。お日さまの絵みたいに、中心から外にむけて六枚の大きくて長い花びらをかいた。その上に小さな黒い点点をちらした。

自分でかいた絵を見て気がついた。オレンジの花びらが六つ角のある星みたい。どこでも好きなところにはえる花。自分では雑草《ざっそう》だと思っていない花。

すきまがなくなるほど、オレンジ色の星の花をいくつもかいた。かんぺきじゃないし、きちんとした絵でもない。そして、ぜんぜんありきたりじゃない。わたしは一番ほそい筆をとって、下のほうのすみっこに小さな字でサインをいれた。

TIGERLILY。

15

フェスティバル会場はふだん、板がうちつけられ、人けがなく、まるでゴーストタウンだった。毎年八月の終わりの数日間だけ、板が撤去《てっきょ》されて、活気をとりもどす。

わたしはおじいちゃんといっしょにテーブル、看板《かんばん》、サルマのドレスとサンダル、特技披露《とくぎひろう》で見せるハチの家三個をトラックにつんだ。それからキャンプへサルマをむかえにいった。

ブルーベリー畑のなかの道をトラックがガタガタ走るのにあわせて、わたしの心臓《しんぞう》の音もおじいちゃんに聞こえそうなくらい大きくなっていた。「おかあさんがコンテストに出たとき緊張《きんちょう》した？」

おじいちゃんはふっとほほえんだ。「そりゃもう、ぴりぴり緊張《きんちょう》したさ。ダニエルはいつだってうまくできるんだよ。だが客席で見ているのは気が気じゃなかった。助けてやりたくても、祈《いの》る以外になにもできないからね」

「でも三回めはもうそんなに緊張《きんちょう》しなかったんじゃない？」

「同じだよ。ダニエルの望みがかなうようにいつも願っていた。何回めだろうと関係ない。ダニエルは優勝《ゆうしょう》したかったたし、わたしは優勝《ゆうしょう》させてやりたいと思った」

「おかあさんはどうしてそんなに優勝《ゆうしょう》したかったの」

「証明《しょうめい》したかったのさ。ダニエルが子どものころは、フランス系《けい》カナダ人の家の子はほかの子たちとあまり遊ばなかった。だがダニエルはとても頭がよくて、おまけに美人だった。それに、なにかほしいものがあれば、だれになんといわれようと、あきらめる子ではなかった」おじいちゃんはため息をついた。「口出ししたことなどない。だれだって、愛する人には望みをかなえてほしいと思う。ダニエルはフランス系《けい》カナダ人もみんなと同じようにいいところがあると証明《しょうめい》したかった」

「フランス系《けい》カナダ人がそんなだったなんて信じられない」

「時代は変わる。変わっていいんだ。だが変わるためには、だれかが最初の人になる勇気を出さねばな」

「サルマもそうだね。わたしにもそんな勇気があればいいのに」

おじいちゃんはにやりとわらった。「ひとつ秘密《ひみつ》を教えてやろう。毎年、教会の階段《かいだん》でダニエルをはげまさなければいけなかった。コンテスト直前にいきなりものすごく不安になって、家につれてかえってくれ、全部なかったことにするって、いいだすんだ」

「おかあさんが？　ほんと？　なにが不安だったの？」わたしは優勝《ゆうしょう》したあとのおかあさんの写真しか見たことがなかった。

「出場者のなかで自分だけ場ちがいだと思われるんじゃないか、あがってしまって、歌の歌詞を忘れるんじゃないか、ドレスのすそをふんづけるんじゃないかとか、あれやこれやとね」

わたしはトラックの窓《まど》の外をながめる。ブルーベリー畑が青と緑のかたまりになって流れていく。おかあさんが不安になったなんて思いもしなかった。

キャンプの入り口でサルマが待っていた。「準備《じゅんび》はいいかい」おじいちゃんはトラックに乗ってきたサルマにいった。「さあ、めかしこみに行こうか」

トラックのなかでずっと、おじいちゃんとわたしはサルマにブルーベリー問題を出しつづけた。サルマは全部即答《そくとう》し、正解《せいかい》した。

手づくり工芸の小屋に着くと、三人ともだまった。入賞したキルト、フラワー・アレンジメント、編《あ》みかごなど、手づくりの作品をならべて展示《てんじ》の準備《じゅんび》をしている。小屋の一角が美容院《びよういん》のようになっていた。コンテストに出る子たちが黒いビニールのケープをつけて折りたたみいすにすわり、そのうしろに美容師《びようし》が立っている。ハンナももう来ていた。ブロンドの前髪《まえがみ》をあげてクリップでとめたまま、うしろの髪《かみ》を担当《たんとう》の美容師《びようし》にまいてもらっていた。ハンナがおしゃべりに夢中《むちゅう》でよかった。あいさつしても、そのあとなにを話せばいいのかわからない。

木造《きづく》りの小屋のかおりにヘアスプレーのにおいがまざって変な感じ。美容院《びよういん》コーナーのうしろのかべにはコンテストの横断幕《おうだんまく》とヘアケア製品《せいひん》の宣伝《せんでん》ポスターがはられ、反対側のかべには縦《たて》二十センチ横二十五センチのフレームにはいった写真が二列にしてかけられている。一九四二年の第一回コンテストから昨年までのダウンイースト・ブルーベリー・クイーン全員の写真だ。最初は白黒写真だったのがとちゅうでカラーの写真になっていく。真ん中あたりの三枚がおかあさんだった。おかあさんはこちらを見てほほえんでいた。

三枚とも見たことのある写真だけれど、あらためて目をじっとのぞきこんだ。いままで気づかなかった、うれしさのなかに、ほっとしたようすがあった。おかあさんが不安がっていたと知って親近感がわいた。

「一時間ぐらいしたらむかえにくるよ。それから教会に送っていこう」おじいちゃんはそういうと、ここにはもう一分だっているのはつらいみたいに、小屋の真ん中にしかれた長い通路をすたすた歩いて外へ出ていった。

コンテストの出場者ひとりにグロリアス・ヘア・スタイリングの美容師《びようし》がひとりつく。サルマの担当《たんとう》になった美容師《びようし》はブリタニーと書かれた名札をつけていた。

サルマがいすにすわると、ブリタニーはとなりにいる美容師《びようし》のマーシーと〝びっくり！〟という顔をしあった。ブリタニーの黒髪《くろかみ》は明るくそめた毛がしましまにはいってスカンクみたい。サルマがスカンクにされそうになったら止められるように、わたしは近くにすわった。

「まっすぐすわってね」ブリタニーがサルマにいった。「どこにすんでるの?」

「たいていはフロリダです。でも、いまは家族いっしょにウィンスロップ・ブルーベリー農場で働いています」

「だったら、あのかわいらしい小さな青い家にすんでるのね。楽しそうだなって、いつも思ってたのよ。キャンプみたいなんだもの」

「遊びじゃないです。仕事で来てるんですよ」わたしは思わずいった。

でもブリタニーのおしゃべりは止まらない。「山でキャンプをするの、好きなのよ。テントをはって外で料理をしてね」ブリタニーはサルマの髪《かみ》の毛をすこし手にとってよく見た。

「きれいな髪《かみ》ね。量も多いわ。でも、ところどころ枝毛《えだげ》になってる。毛先をすこし切っていい?　そしたらもっとつやが出る」

「どれくらい切るんですか」わたしはおかあさんの代理だから、ブリタニーが好き勝手にしないよう止めなくちゃ。

ブリタニーはわたしにはじめて気づいたみたいで、細くて短いまゆげをあげてこちらを見た。そして毛先から五センチのところを人さし指と中指でつまんだ。「これくらいよ」

「けっこう切りますね」

「髪《かみ》の毛がきれいになるなら切ってもいいよ」サルマがいう。

ブリタニーはけんかでわたしに勝ったみたいに得意げな顔になった。「どんなドレスを着るの?」ハサミが動くたび、髪《かみ》の毛が床《ゆか》におちていく。

「銀色のスパンコールがついてる青色のドレス。ハンナにかりました。去年着ていたドレスなんですって」

ハンナを見ると、担当《たんとう》の美容師《びようし》とおしゃべりをしている。話の内容《ないよう》は聞こえないけれど、いつも以上に明るい声で、もうコンテストモードになっているみたい。

「そのドレス、おぼえてる! ハンナはいい子ね。去年、ハンナの髪《かみ》をセットしたのはあたし。そしたら優勝《ゆうしょう》したでしょ! 顔の横の髪《かみ》の毛をカールして、うしろはおだんごにしたんだった。でも、あなたには合わないわね。髪《かみ》の量が多いから。アップにしてもいいんだけど、横に流したほうがきれいだと思う」

わたしが心配して見つめていると、ブリタニーははさみを置いてくしを持った。分け目をすこし右にとり、髪《かみ》の毛が全部左に流れるようにとかした。そして横でポニーテールにした。「くくった毛をまいてふわふわにするのはどう？　それとも編《あ》みこみにしようか。どうする？」

「まいてふわふわに」サルマがこたえた。

いつものサルマとは別人みたいだけど、とてもかわいいヘアスタイルになった。そしてもちろん、コンテストモードのハンナもまたいつものハンナとは別人みたいになっていた。

「目をとじて」髪《かみ》がしあがるとブリタニーはいった。

もうもうとするヘアスプレーでサルマがせきこんだ。

「すっごくステキ！」ブリタニーがサルマのケープをはずす。「ドレスを着るときは、足をいれるようにして着てね。ぜったいに頭からかぶっちゃだめよ。あたしの苦労がだいなしになっちゃうから。さあ鏡をどうぞ。いかがでしょう」

手鏡をのぞいたとたんにサルマの表情が変わった。目をきらきらさせて、うれしそう。

サルマがヘアスタイルを気にいったのを見て、わたしもうれしかった。

「ママ!」サルマはそういって、いすからとびおりた。

サルマのおかあさんがうしろに来ていた。サルマはかけよってだきついた。ポニーテールを持って、ふわふわのカールを見せている。

「いくらですか?」サルマのおかあさんは財布《さいふ》をあけた。

「無料ですよ。コンテストのためのサービスだから。あとはゆれるタイプのイヤリングをつけたら、サルマはかんぺき」ブリタニーは自分のイヤリングを見せてから、商品コーナーを指さした。「お持ちでないなら、あちらでも売っています」

「ママ、いいんだよ。イヤリングはいらないから」

でもサルマのおかあさんはシャンプー、マニキュア、アクセサリー、リボンなどがならぶ商品コーナーに行った。そして光るラインストーンのついたゆれるイヤリングを買ってもどってきた。「これで合う?」といってブリタニーにわたした。

サルマはおかあさんの腰《こし》にだきついた。「うれしい!」

おかあさんはサルマの肩《かた》をだき、やさしくスペイン語で話しかけた。わたしはスペイン語はわからないけど、きっと母親が娘にいうようなことをいってるのだとわかった。じっと自分のスニーカーを見おろす。おじいちゃん、はやくむかえにきてくれないかな。

「リリー、来て」

顔をあげると、サルマのおかあさんがあいている手をさしだしていた。わたしは考えるまもなくかけよった。サルマのおかあさんはわたしをだきとめると、顔をよせてやさしくスペイン語でなにかをいった。

母親が娘にいうようなこと。

16

わたしたちは教会の正面玄関《げんかん》をはいった。サルマのおかあさんがドレスの衣装袋《いしょうぶくろ》をうでにかけ、白いサンダルを持った。サルマはハチの家を三個かかえていた。

「ロサ、席をとっておくよ」おじいちゃんがサルマのおかあさんにいった。「おいで、リリー。いい席はすぐになくなってしまう」

わたしはサルマといっしょに行きたかったけれど、きっとひかえ室はせまくて三人もはいれない。

「サルマ、がんばって！」わたしは手をあげて、人さし指と中指を十字にかさねた。成功を祈《いの》るサインだ。「応援《おうえん》してるからね」

サルマも手をあげて、人さし指と中指をかさねた。

できるだけステージに近い席をさがし、三列めにすわった。最前列にハンナの両親がすわっていた。いつもならあいさつをしにいくのだけど、きょうは気まずかった。ハンナからどう聞いているか、わからなかったから。〝おじさんとおばさんがふりむいたら、あいさつにいこう〟心のなかでそう決めたけれど、ふたりはずっとわたしが知らない人たちとおしゃべりしていた。ひとりは男の子だった。

あれがハンナの〝ステキなブランドン〟かな？ 髪《かみ》の毛の色はハンナがいってた色。でもまえに見せられた写真には頭のうしろはうつってなかったからわからない。

わたしはそわそわとおちつかず脚《あし》をゆすっていた。おじいちゃんがわたしのひざをおさえ、小声でいう。「列の人みんなが振動《しんどう》するだろう」

「じっとできないの！」待ちのぞんでいたことがすぐそこまで来てるのに、まだ待たなくちゃいけないんだから。コンテストが終わり、サルマが優勝《ゆうしょう》して、ラッキーの手術代《しゅじゅつだい》もかせげたって、はやくよろこびたい。よかったねって、はやくみんなでいいあいたい。

でもフェスティバルが終われば、ブルーベリーの収穫期《しゅうかくき》も終わりにちかづく。そしたらサルマは行ってしまう。そのことは考えたくなかった。

脚《あし》をゆすらないようにしようと思うと、よけいにひどくなった。虫刺《むしさ》されをかかないようにがまんするのと似《に》ている。教会は人でいっぱいになり、サルマのおかあさんが席につくころには、わたしは待ちすぎて爆発《ばくはつ》しそうだった。

「サルマはどうだった?」

サルマのおかあさんはうなずいた。「だいじょうぶ」

音楽がはじまったので、わたしはふりかえった。正面玄関《げんかん》から女の子たちが一列になって通路を歩いてくる。結婚式《けっこんしき》で花嫁《はなよめ》のつきそいをするような、キラキラした青色のドレスの子が多かった。

客席のうしろのほうに、キャンプの労働者たちがかたまってすわっていた。みんなで応援《おうえん》に来るなんて思ってなかった。でも、サルマはキャンプの仲間だものね。サルマのおとうさんは満面の笑《え》みだ。刺繍《ししゅう》がはいった赤色のシャツを着ている。いつものTシャツとちがって、ちゃんとボタンをしめるシャツ。

サルマの両親が来ていることをうらやましいと思って、胸《むね》がいたんだ。サルマをうらやましがるなんてまちがってる。でも大切なことにはじめて挑戦《ちょうせん》するのを両親に見てもらえるのはとても大きな意味がある。わたしだってそれができるなら、たくさんのものを手ばなしたっていい。

出場する女の子は十人。八人が青色のドレスで、ひとりがむらさき色、ハンナは銀色のドレスを着ていた。ハンナの髪《かみ》は美容師《びようし》にたっぷりカールしてもらったようで、歩くたびにふわふわとゆれた。

サルマも目立っていた。黒髪《くろかみ》と茶色い肌《はだ》はみんなの目をひきつけた。「サルマ、きれいね」わたしはサルマのおかあさんにささやいた。

十人はステージにあがると、ならべてあった折りたたみいすにすわった。サルマの席は真ん中だった。よかった。真ん中が一番いい。最初はだめ。先にこたえる子のようすを見られるほうがいい。でも最後もだめ。順番が来るまでずっと緊張《きんちょう》してなくちゃいけないから。

ラルーさんが演壇《えんだん》へ歩いていく。青色のロングドレスに派手《はで》なネックレスとハイヒール。演壇《えんだん》のマイクをさげて口に近づけた。「みなさま、こんばんは！　今年もダウンイースト・

ブルーベリー・クイーン・コンテストへようこそ！　まずはご起立いただき〈美しきアメリカ〉を斉唱《せいしょう》いたしましょう」

教会の床《ゆか》をきしませ、みんながいっせいに立ちあがった。そしてオルガンの前奏《ぜんそう》のあと歌いだした。

ああ、美しい　広がる空よ
琥珀《こはく》に波うつ麦《むぎ》の穂《ほ》よ
実りゆたかな平原にそびえる
むらさきの山の荘厳《そうごん》さよ

「実りゆたかな平原」にブルーベリー畑はふくまれるのかな。そもそもホンジュラスやメキシコから働きにきている人たちはこの歌を知っているのかな。

わたしはそっとうしろの席を見た。労働者のなかには音楽にあわせて首をふる人もいるけれど、ほとんどはただつったたっていた。教会で派手《はで》なもよおしがはじまりどう理解《りかい》すればいいかわからないみたいに目をぱちくりさせている。演壇《えんだん》で大がらな女性がすこし音をはずしながら歌っているのもどう見えているのやら。
アメリカ！　アメリカ！
神は汝《なんじ》に恵みをおあたえになり
汝《なんじ》の善《ぜん》に友をおさずけになる
東から西まであまねく
ラルーさんはテレビの公共放送で見るオペラ歌手みたいに声をはりあげて歌った。サルマとおとうさん、おかあさんはどう思って聞いていたんだろう。きっと変なのって思ったよね。
「司会はおなじみのこのかたです」ラルーさんがいった。
拍手《はくしゅ》がおこり、チャンネル5の気象予報士《よほうし》、ボブ・キドルがマイクのまえに立った。「ありがとうございます。ダウンイースト・ブルーベリー・フェスティバルの幕《まく》あけに、すばらしいコンテストがはじまります。まずご紹介《しょうかい》しましょう。今夜の審査員《しんさいん》はロレイン・ラルーさん、ウィンスロップ・ブルーベリー農場のジャック・ウィンスロップさん、保安官《ほあんかん》のマーク・コットンさんです。それからすてきなゲストをおむかえしています。ヒルズバラ・フェアからイチゴの女王とふたりのイチゴ姫《ひめ》、ダウンイーストへようこそ。お嬢《じょう》さんがた――おっと失礼。女王陛下《へいか》と姫《ひめ》ぎみ、どうぞステージへおあがりください」

王冠《おうかん》をかぶり赤いドレスを着た三人の女の子が登場した。ふたりはわたしと同い年くらい、もうひとりは小さい子だった。イチゴの女王とふたりの姫《ひめ》は笑顔《えがお》で手をふり、審査員《しんさいん》の横にすわった。

「そして、メイン・ロブスター・フェスティバルから海の女神と海の姫《ひめ》です」

女の子がふたり、手をふって出てきた。頭にはラインストーンのヒトデがついた王冠《おうかん》をかぶっている。

わたしの横でサルマのおかあさんがおちつかないようすでバッグのひもをずっとさわっていた。

「客席には歴代のダウンイースト・ブルーベリー・クイーンが何人かいらしています！　みなさん、どうぞお立ちください」

大きな拍手《はくしゅ》がおこった。見まわすといろんな年齢《ねんれい》の女性が立ちあがっている。おかあさんがここにいたら、この人たちみたいに得意げな顔をしたかな。それともはずかしがったかな。客席にはおどけて女王さまっぽく手をふり、わたしにだけウインクして見せたかもしれないな。

おじいちゃんもおかあさんのことを考えているのだろうか。わたしは手をのばして、おじいちゃんの手をにぎった。

おじいちゃんはぎゅっとにぎりかえした。

司会のキドルさんがいう。「さあ、はじめましょう。ダウンイースト・ブルーベリー・クイーン！　今年も若《わか》く美しいレディーが集まりました。まずはひとりずつ紹介《しょうかい》します」キドルさんは紙を手にした。「名前をよぶので、まえに出て、どこから来たかを教えてくれるかな」

最初の三人は町の名前だけいった。「マチャイアスです」「アディソンです」「ミルブリッジです」サルマは名前をよばれると、両手をおなかのまえでかさねて進みでて、よく通る声でこたえた。「フロリダです」

キドルさんはくすっとわらった。「なんと、まあ！　サルマはずいぶん遠くから来たんだね！」

ほかの出場者のこともからかっていた。「ドレスがまぶしくて目があけられないよ、ハンナ！」とか、「ジョージー、その赤い髪《かみ》、まるで若《わか》き日のモンロー！」とか。でもどういうわけか、ほかの子のことはいやな感じがしなかった。おばあちゃんは、わたしが気にしすぎだっていうだろう。でもキドルさんはもっと気にしたほうがいい。サルマが地元の子じゃないことをわざわざいうなんてひどい。

「審査《しんさ》は美しさと、ブルーベリー問題、特技披露《とくぎひろう》、一問一答、それぞれに点数をつけておこないます。合計した点数がもっとも高い候補者《こうほしゃ》が新しいダウンイースト・ブルーベリー・クイーンとなり、五千ドルの貯蓄債券《ちょちくさいけん》を獲得《かくとく》します。二位のブルーベリー・プリンセスにはこのフェスティバルで使える百ドルの商品券がおくられます。また候補者《こうほしゃ》全員にグロリアス・ヘア・スタイリングのクーポン券をさしあげます。さあ、候補者《こうほしゃ》のみんな、準備《じゅんび》はいいかい？」

ステージの女の子たちがうなずき、カールした髪《かみ》とイヤリングがいっせいにゆれた。

サルマのおかあさんがバッグをにぎる手に力がはいる。わたしは小声でいった。「うまくいきます。サルマはいつも全問正解《せいかい》だもの」

おかあさんはうなずいた。

「最初はブルーベリー問題です。正解数《せいかいすう》でつぎの審査《しんさ》に進む人が決まります。まずはアンバーへの問題。アメリカ全土で収穫《しゅうかく》される低木のワイルド・ブルーベリーのうち、メイン州で収穫《しゅうかく》されるのは何パーセント？」

いやだ！　この問題、サルマはぜったい正解《せいかい》したのに。

「九十八パーセントです」

「正解《せいかい》だ、アンバー！　ではカーリーに問題。ワイルド・ブルーベリーの健康効果をひとついってください」

「すぐれた抗酸化《こうさんか》作用があります」

「ハンナに問題。メイン州でのワイルド・ブルーベリー収穫期《しゅうかくき》は？」

ハンナはほほえみ、声が通るようにマイクに近づいた。「七月の終わりから九月のはじめです」

「大正解《せいかい》！　ではサルマに問題。昔、アベナキ族の人はブルーベリーをなんとよんだでしょう」

サルマはにっこりわらって、まっすぐわたしを見た。「スターベリーです。実のてっぺんが五つ角がある星みたいだからです」

わたしはサルマにほほえみかえした。ほっとして全身の力がぬけるみたいだった。

このあともキドルさんが問題を出し、候補者《こうほしゃ》が順番にこたえていった。サルマの番が来るとわたしも頭のなかでこたえた。超能力《ちょうのうりょく》でサルマにつたわるかもしれないから。

「ブルーベリーの収穫《しゅうかく》に使うレーキが発明されたのはいつ？」

一九一〇年。一九一〇年。一九一〇年。

「一九一〇年です」サルマがこたえた。

問題はさらにつづき、正解数《せいかいすう》が多いのがだれなのか、もうよくわからなくなったけど、サルマがまちがえたのは一問だけだった。

「サルマ、ロバート・フロストがこの州の果物について書いた有名な詩のタイトルは？」

やだ。サルマがこちらを見たけど、わたしもわからない。パンフレットにのってなかった。

わたしは肩《かた》をすくめて、お手あげのしぐさをした。

「『サルのブルーベリーつみ』ですか？」

「残念、ちがうよ。『サルのブルーベリーつみ』はロバート・マックロスキーが書いた絵本だ。ロバート・フロストの詩は『ブルーベリー』です」

ほかの子も何問かまちがえた。ミンディ・ゴーデーはブルーベリーパイの材料をきかれて半分しかいえなかったし、エイミー・オズグッドはブルーベリーの缶詰《かんづめ》がつくられたのは独立戦争のときだとこたえた。

「ブルーベリー問題は以上です。みんな、すばらしかったよ！　審査員《しんさいん》のみなさん、つぎに進む候補者《こうほしゃ》は決まりましたか」

ラルーさんが折りたたんだ白いカードを手わたした。

「では、つぎの審査《しんさ》に進む三名を順不同で発表します――」キドルさんがカードをひらく。だまったまま、あまりにも長くひっぱるから、わたしはステージにかけあがり、カードをひったくって自分で読みたくなった。

「アンバー」

「ハンナ」

サルマのおかあさんがわたしの手をにぎってきた。わたしは歯をくいしばって祈《いの》る。お願い、お願い、お願い。

「そして、サルマです！」

ここが教会でなければ、きっととびはねてさけんでいた。ところが、サルマを見ると、なにかようすがおかしい。

三列めのこの席からでも、サルマの手がふるえているのがわかった。

17

キドルさんがスタンドマイクを用意して、アンバーが〈アメイジング・グレース〉を歌いはじめた。そのあいだサルマは両手をぎゅっとにぎりしめ、かたまっていた。

アンバーは〈アメイジング・グレース〉をふつうに歌うだけでは物足りないと思ったのか、音を高くのばしたり低くのばしたりしてもりあげようとした。わたしは審査員《しんさいん》の反応《はんのう》をさぐった。ラルーさんは笑顔《えがお》だけれど、目はわらってない。ウィンスロップさんは楽しそう。保安官《ほあんかん》のコットンさんはメモを読んでいる。

「すこしやりすぎだな。ハチが目をまわしちまう」おじいちゃんがささやいた。

「ありがとう、アンバー！　心にひびく、なかなか元気な歌だったね。つぎはサルマがとっておきを見せてくれます。準備《じゅんび》ができるまですこしお待ちください」

サルマはくるりとむきを変え、ステージから出ていった。わたしは大きく息をはく。また脚《あし》をゆすってしまう。不安と緊張《きんちょう》でガタガタが止まらない。

サルマはなかなかもどってこなかった。

もうすぐ出てくるよね。わたしは一秒一秒、もうすぐ、もうすぐと思った。もうすぐ出てくるから。

「先にハンナの歌を聞きましょう」とうとうキドルさんがいった。「ハンナのあと、サルマの出番です。ハンナの準備《じゅんび》ができるまで、あしたのフェスティバルでおこなわれるすばらしいイベントを紹介《しょうかい》します」

胸《むね》が苦しい。サルマ、帰ってしまわないよね？

「ようすを見てくる」わたしはサルマのおかあさんにささやいた。列の真ん中にすわっていたので、通路に出ようとしたら、たくさんの人のひざをよけていかないといけなかった。

「すみません。ごめんなさい」

ハンナは〈虹《にじ》の彼方《かなた》に〉を歌いはじめた。歌に集中して、わたしが横のドアから出ていくのに気づかなければいいいな。

ろうかのドアをかたっぱしからあけていき、やっと見つけた。サルマはいすにすわってい
た。ひざにのせたハチの家をかかえこんでいる。

「どうしたの？」わたしはサルマの横にひざをついた。

「こんなの特技《とくぎ》でもなんでもない」

「特技《とくぎ》に決まってるじゃない！〈アメイジング・グレース〉をジェットコースターみたいに歌うのが特技《とくぎ》だと思う？」

でもサルマは納得《なっとく》しないようだった。片手《かたて》をまえに出すとふるえていた。「手がふるえるの。最初はコンテストっておもしろそうと思っただけだった。でもいつのまにか、貯蓄債券《ちょちくさいけん》がほしくなっていた。でも、あたしはハンナとはちがう。ここで生まれてないし、こんな特《とく》技《ぎ》で優勝《ゆうしょう》するわけない。それなのに、なんでこんなことしてるんだろう。審査員《しんさいん》があたしを選ぶわけない。ばかみたい」

サルマがこんなにおびえるなんて信じられない。そのとき、わたしはわかった。これはサルマにとって貯蓄債券《ちょちくさいけん》をもらえるかどうかの問題ではない。自分は大切な存在《そんざい》だって証《しょう》

明《めい》することなんだ。たとえずっとここにいなくても、よそ者ではなく、ここに居場所があるってしめさないと。

わたしは立ちあがった。「キャンプでぶらんこに乗ったの、おぼえてる？　あのときちょっとこわかったけど、気づいたの。勇気を出すには、そんなに大げさなことをしなくてもいいんだって。こわいという気持ちより、ちょっとだけ勇気のほうが勝ってればいいんだよ。手をかして」

サルマが手を出した。そのてのひらの上に、わたしはにぎりこぶしをのせ、指をひらいた。

「ちょっとの勇気は小石だって想像《そうぞう》するの。小石をあげる」

サルマは空想の小石をにぎるように、指をとじた。

「この町の人は遠くから来る労働者が透明《とうめい》人間でいてほしいと思ってるってまえにいってたよね。サルマは透明《とうめい》人間じゃないって見せてやろうよ。わたしがアシスタントをするよ。テレビのゲーム番組でよくいるアシスタントみたいにね。わたしがハチの家を持って客席に見せる。サルマはスピーチだけすればいい。ね、そうしよう」

拍手《はくしゅ》がおこり、ハンナをほめるキドルさんのくぐもった声が聞こえる。

すると、サルマが立ちあがった。よかった！

キドルさんはわたしも出てきたのでびっくりしたみたいだった。わたしはサルマが絵をかいたハチの家を持ってステージを歩きながら、はっとわれにかえった。サルマを助けたい一心でアシスタントをするなんていったけど、満員の観客のまえでステージに立つということをちゃんと考えてなかった。口がからからにかわく。

きょうはTシャツ、ショートパンツ、スニーカーというかっこうで、この場にまったくそぐわない。候補者《こうほしゃ》たちがすわっているすぐそばを歩いているのに、ハンナのほうを見ることもできなかった。

サルマがステージの真ん中に立ち、わたしはその横で二個のハチの家を下に置いた。そしてひとつを高くかかげた。色とりどりのハチの絵がかいてある。まず審査員《しんさいん》に見せ、それから客席の右と、真ん中と、左に見せた。

「友だちのリリーはメイソンビーのためのハチの家を売っています。この夏、あたしはハチの家に絵をかく手伝いをしました」サルマは静かに話しだした。さっきの空想の石がはいってるみたいに片手《かたて》をぎゅっとにぎっている。「あたしは絵をかくのが大好きです。なぜなら絵ではなんでも可能になるからです。ハチがピンク色でもいい。木がむらさき色でもいい。ありのままの世界をいったんとりこんで、あたしのなかでぐるぐるとかきまぜ、こんなふうになるといいなっていう絵にします」サルマの声はだんだん大きくなった。

客席を見ると、おじいちゃんが笑顔《えがお》でわたしを見つめていた。サルマのおかあさんは目もとをぬぐっている。一列うしろではブリタニーが自分のことのように自慢《じまん》げに仲間の美容《びよう》師《し》をひじでつついた。

ハンナのおかあさんとおとうさんと目が合ったので、わたしは軽くほほえんだ。ふたりもほほえんでくれたけど、ちょっととまどっているみたいだった。となりの男の子はまったく興味《きょうみ》がないらしく、うつむいてスマホを見ている。

ふたつめのハチの家はサルマらしい元気いっぱいの花でうめつくされている。わたしがそれを高くあげると、マーティー・ジョンソンさんが目を合わせて親指を立て〝いいね！〟のサインをした。キャッツ先生は手をふっている。サルマのおとうさんとキャンプの労働者たちはうしろのほうの席にいたので、よく見ようと立ちあがっていた。みんながサルマのスピーチをにこにこしながら熱心に聞いている。

「絵は身近にあるありふれたものを、はじめて見るような気持ちにします。そして、ありふれたものでも、じつはありふれてなどいないと気づくのです」

サルマのいうとおりかもしれない。いつも目にするものはちゃんと見なくなってしまう。だから画家が必要なんだね。ものごとを表面だけじゃないところまで見ぬけて、ほんとうはこんなにすばらしく特別なものなんだよと、わたしたちに気づかせてくれるのが画家だから。

わたしはしゃがんで最後のハチの家を手にとった。これには大きさも色も模様《もよう》もさまざまなブルーベリーがたくさんかいてある。そして全部のブルーベリーに黄色の星がついている。

「変わったものが好きな人ばかりではありません」サルマはそういって、わたしをちらりと見るとちょっとわらった。「メインに来てまもないころ、ポークパイをプレゼントされました」

観客がわらった。

「おいしくないんじゃないかと思いました。でも、リリーが有名なパイだといって持ってきてくれたんです。だから食べてみました。家族で食べました。そしたらすごくおいしかった！」サルマは背筋《せすじ》をのばして観客のほうをまっすぐ見る。「どういう結果になるかわからないのに、変わったことをするのはこわいものです。でも、それは最高のことがおきるチャンスでもあります。おどろいたあと、人は変わります。そして、ちがう自分になれるのです」

長い沈黙《ちんもく》のあと、拍手がうしろのほうの席からおこり、波がおしよせるようにまえの席まで広がった。やがてみんなが手をたたいていた。

わたしはかがんで、下に置いたふたつのハチの家をまた持つ。成功だと思った。サルマはコンテストで一番の難関《なんかん》をきりぬけたんだもの。みごとにやってのけた。

あとは一問一答だけ。自分のことをきかれるので、正直にこたえればいい。これはかんたんなはず。

でも、気づくべきだった。

現実《げんじつ》はちっともかんたんではないってことを。

18

客席にもどるとほっとして体の力がぬけた。ステージではキドルさんが金魚鉢《きんぎょばち》を持ってきた。なかに小さく折りたたんだ紙がたくさんはいっている。「みなさん、最終審査《しんさ》に残った三人のことをもっと知りたいですよね。アンバー、ハンナ、サルマ、わたしが名前をよんだら、こちらに来て質問の紙をひいてくれるかな。まずはアンバーから」

アンバーが客席に笑顔《えがお》を見せながら進みでた。そして金魚鉢《きんぎょばち》から紙をとってキドルさんにわたした。

「アンバー、小さかったころの思い出で、一番うれしかったことは?」

「八歳《さい》のときに家族でディズニー・ワールドへ行ったことです。ライドにいくつも乗って楽しかったです。二月だったので、メインの氷と雪にさよならできました。飛行機のなかでスノーブーツからサンダルにはきかえたんですよ!」

「その気持ち、みなさんもわかるよね！」キドルさんがいった。

わたしはむっとした。出稼《でかせ》ぎの労働者は二月にはここにいない。うしろのほうにすわっている人たちは〝その気持ち〟をわかるわけない。

つづいてハンナがまえに出て、金魚鉢《きんぎょばち》から質問の紙をとった。笑顔《えがお》だけど、不安げだった。ハンナが負けなくても、サルマが優勝《ゆうしょう》できればいいのに。

「ほかの候補者《こうほしゃ》と会って感じたことは？」

ハンナはほほえんだまま、どうこたえるのがいいかを急いで考えているのがわかった。「候《こう》補者《ほしゃ》のみんなと会うのはとても楽しいです。同じ学校の子もいますが、サルマや、よその学校の子にも出会えてうれしいです。サルマとは今年の夏、知りあいになりました。ドレスをかしてあげたんですよ」

それ、いう必要ある？　親切だとアピールして勝とうとしてる？　たしかに親切だけど、サルマはドレスを持っていないんだってみんなに知られたじゃない。

つぎはサルマが質問を選んだ。わたしは自分の口を指さし、声を出さずにいった。〝笑《え》顔《がお》！」

「学校で一番好きな教科はなに？」

サルマがやっと笑顔《えがお》になった。「美術《びじゅつ》です！」

観客がわらった。ハチの家にかいた絵を見たあとなのだから当然だ。

「美術《びじゅつ》には不正解《ふせいかい》がないので好きです。自分なりの見方で答えを出していい科目だから。完全に自分らしくいられます」

近くの席から小さな声であいづちをうつのが聞こえた。サルマに賛成《さんせい》している人がいるとわかってうれしかった。

おじいちゃんがわたしとサルマのおかあさんの耳もとでささやいた。「みんな、感心してるぞ！」

アンバーとハンナが順によばれ、二回めの質問にこたえた。キドルさんのうしろにはブルーベリー問題で失格《しっかく》になった女の子たちがすわっている。ずっと笑顔《えがお》でいるけれど、ときどき大きなため息をついたり、退屈《たいくつ》そうな顔になったりした。小さいほうのイチゴ姫《ひめ》は赤いドレスのすそからのびた糸をひっぱっている。

キドルさんはサルマのつぎの紙をひらいた。「まだおぼえなければいけないこと、勉強中のことはなに？」

サルマはこまってる顔をしていった。「分数です！」

客席でわっと笑いがおきた。審査員《しんさいん》もおもしろがっているようなのでよかった。サルマは正直にこたえて、会場全体をひきつけた。

ここで一問一答を終わってくれたらいいのに。でも質問はまだつづいた。「アンバー、優勝《ゆうしょう》したら、だれにありがとうといいたい？」

「両親と、審査員《しんさいん》のみなさん、それからここにいるみなさんです！」アンバーは客席にむかって、オーケストラの指揮者《しきしゃ》みたいにうでをひろげた。

「親友のことを教えて」キドルさんがハンナにいった。

ハンナは客席の両親ととなりにすわっている男の子を見た。それから視線《しせん》を動かし、まっすぐにわたしを見た。ふっとほほえみが消えて悲しそうな顔になる。「わたしの親友はリリーです。幼稚園《ようちえん》に行ってたころからずっと友だちです」

わたしはハンナから目をそらせなかった。

「いつもいっしょにいたので、リリーのペペールに『ふたごみたい』とよくいわれました」

ハンナはまばたきもしないで話をつづける。「だんだんふたりとも自分のことでいそがしくなって、いっしょにすごさなくなりました。さびしいです」

「親友っていいね！」キドルさんはいった。

ハンナはさがって、自分の場所にもどった。もうわたしのほうを見ることはなかった。最初に思いついたことをいっただけかもしれない。〝ステキなブランドン〟よりわたしのほうが、いい答えだと思ったのかもしれない。

それとも、ほんとうにさびしがっているのかな。

「サルマ、この夏、学んだことは？」

「この夏はたくさんのことを学びました。なかでもブルーベリーの問題はすごく勉強しました！」観客がまたわっとわらった。「もうひとつ、目が見えない犬についても学びました」

キドルさんはすこしあとずさりをした。「目が見えない犬?」

サルマはうなずいた。「友だちがかっている犬は目が見えません。その犬のためになにができるのか、知りたいと思いました。キャンプのコンピューターを使えるのは朝とてもはやい時間だけなので、早起きしていろいろ調べました」

「おもしろいことが見つかった?」

「はい、見つかりました」

わたしは「なに?」ってさけびたかった。でもキドルさんはこういった。「では最後の質問にいきましょう。みんな、審査員《しんさいん》にアピールする最後のチャンスだよ!」

サルマはラッキーのために早起きして調べものをしていたの? わたしにないしょで?

となりの席でおじいちゃんが大きく息をはいた。おじいちゃんもサルマを心配していた。

わたしがにっとわらうと、おじいちゃんは指を一本立てた。

あと一問だね。

また脚《あし》がガタガタふるえだした。アンバーとハンナが終わり、キドルさんがサルマに最後の質問をした。「ぜったいにしないことはなに?」

サルマの笑顔《えがお》が消えた。だれかがサルマのくちびるに糸をかけて下からひっぱっているみたいだった。

だめだよ。そんなに真剣《しんけん》に考えちゃだめ。

ぜったいうそをつきません。

テストでカンニングをしません。

チェックのスカートにストライプの靴下《くつした》をあわせません。

サルマはマイクがあるからなんとか聞こえるくらいのとても小さな声でいった。「ひとつの場所でずっとくらすことはありません」こたえるとすぐうしろへさがった。

そのあと優勝者《ゆうしょうしゃ》が発表された。ハンナだった。

19

つぎの日は絵にかいたようないい天気だった。真っ青な空に大きな白い雲がうかんでいる。フェスティバルがはじまるまえに、売るものと値段《ねだん》を書いた看板《かんばん》を置いた。ハチの家はブースの片側《かたがわ》にならべた。わたしがタイガーリリーをかいたハチの家は奥《おく》のほうにした。サルマの絵の近くに置くと、くらべてしまってだめだから。でも自分が絵をかいたハチの家があるというだけでうれしかった。

ブースの反対側でおじいちゃんが大きな電気なべにはいったブルーベリーの具をかきまぜている。その横に紙ナプキン、紙皿、プラスチックのスプーンを置いた。ブルーベリー・エンチラーダにかけるホイップクリームもある。

九時すこしまえにサルマがブースに来た。コンテストのときのドレスを着て、トルティーヤをいれた袋《ふくろ》をふたつ持っている。「ママが朝から焼いてくれたよ。できたてほやほや。リリーとブースにいたいんだけど、パイ食い競争でハンナを手伝わないといけないの」

マットにねそべっていたラッキーが、サルマの声で顔をあげ、しっぽをふった。目が見えたら、だれだかわからなかったかもしれない。サルマはドレスを着て、準優勝《じゅんゆうしょう》の冠《かんむり》をかぶり、キラキラ光るイヤリングをつけ、きのうのカールが残る髪《かみ》の毛を顔の横でポニーテールにしていた。でもラッキーは目が見えない。だから外見がちがっていても関係なかった。心で相手を見るから。

「心配いらないよ、ブルーベリー・プリンセス」おじいちゃんがいった。「リリーの手伝いはまかせておけ。リリーがハチの家担当《たんとう》、わたしがブルーベリー・クレープ担当《たんとう》だ」

「エンチラーダって、ちゃんといってよ」わたしはおじいちゃんに注意した。

「わかってる。だが、エンチラーダはクレープのいとこみたいなもんじゃないか」

「パイ食い競争が終わったらすぐに来るね。ママが服を持ってきてくれるから、着がえるよ。あたしがいないあいだも、ハチの家とエンチラーダがたくさん売れるように祈《いの》ってる」

「ありがとう！　パイ食い競争の応援《おうえん》、がんばって」

サルマはドレスのすそを持ちあげて芝生《しばふ》にひきずらないようにしながら、パイ食い競争の会場へむかった。

なぐられたみたいに胸《むね》がいたい。わたしたちはサルマが優勝《ゆうしょう》することだけをひたすら念じてきたのに。審査員《しんさいん》はここにすんでいる子を優勝《ゆうしょう》させたかったんじゃないかな。そしたらクイーンがフェスティバルのあと老人ホームをたずねたり、パレードに出たりできるから。でも、やっぱりハンナのほうが得点が高かったのかもしれない。絵よりも歌のほうが特技《とくぎ》として審査《しんさ》しやすかったのかもしれないよね。

それとも、サルマが最後の質問できびしい事実を正直にいいすぎたせいかもしれない。どんな理由だったとしても、わたしにとってコンテストはもうこれまでのように大きな意味を持つものではなくなった。この地域《ちいき》の一部をあらわすものではあるけど、全部をあらわしてはいない。

「リリー」

よばれて顔をあげると、ブースのまえにハンナが立っていた。コンテストのときと同じピカピカの銀色のドレスを着て、大きな王冠《おうかん》をかぶっている。「ラッキーに必要なお金が集まるように応援《おうえん》してる。顔を見ていいたくて、ちょっとよったの」

わたしはぐっと息をのんでからいった。「ありがとう。それと、おめでとう」

「ありがとう。きのうのコンテストで親友はリリーだっていったじゃない？　最近なんだかすれちがっちゃってるけど、友だちだってほんとうに思ってる」

「わたしもさびしいと思ってたよ」でも、これはいっておかなければ。「最近のハンナはステ――じゃない――ブランドンの話しかしないでしょ」

「ごめんね」ハンナはため息をついた。「きのう、ブランドンはコンテストのあいだずっとスマホゲームをしてたんだよ！　いい子だけど、わたしのタイプじゃないわ」

わたしはふきだしそうだった。タイプじゃない？　いつから？　五分まえ？　でもわらわずにがまんした。ハンナは仲なおりしようといいにきた。いやみなことをいわずに、仲なおりしたい。

「あした、なにかしない？　リリーとわたしとサルマとで。今年の夏はあまり泳ぎにいけなかった。サルマにメインの海がどんなに冷たいか教えてあげよう」

「そうだね。だったら、泳ぎにいくまえに岬《みさき》を通っていこうよ。サルマがここにいるあいだに灯台をひとつだけでも見せたいの」

「賛成《さんせい》！　楽しみ」ハンナはほほえむと、王冠《おうかん》がずりおちないように片手《かたて》でおさえながら歩いていった。仲なおりしても、小さいころと同じような友だちにもどるのかはわからない。たぶんもう〝いつもいっしょのふたご〟にはならない。二個のワイルド・ブルーベリーの実みたいになるんじゃないかな。同じところもあり、ちがうところもあっていい。

フェスティバル会場の入り口に二個のコーンを立て、青いリボンがかけてあった。そのリボンを保安官《ほあんかん》のコットンさんがカットすると、待っていたたくさんの人がはいってきた。観光客。地元の人。カメラを持ったお年寄《としよ》り。ベビーカーをおす男女。犬をつれた子ども。会場は人であふれた。

ラッキーはマットにねそべったまま、ずっとクンクンと鼻を動かしている。リードにつながれたポメラニアンが通った。小さいのでブースの足もとに目が行くらしく、ラッキーにむかってほえた。

ラッキーはしっぽをふってポメラニアンのほうへ行こうとしたけれど、テーブルにつながれているので行けない。「ほえたのは、仲よくしたいからかどうか、わかんないでしょ」わたしはラッキーをひっぱった。

最初のお客さんはマーティー・ジョンソンさんだった。「大急ぎで来たんだよ。コンテストで見たサルマのハチの家がほしいんだ。カラフルなハチがいっぱいかいてあるやつ。だれかに買われてしまうまえに買わなくちゃと思ってね」

夏のはじめのころにマーティーさんがわたしのではなくサルマのハチの家をほしがっていると聞いたら嫉妬《しっと》したかもしれない。でもいまはマーティーさんの庭にサルマのハチの家があるのを想像《そうぞう》すると、サルマの分身がここに残るみたいで純粋《じゅんすい》にうれしかった。

「マーティー、ブルーベリー・エンチラーダを食べてみないかい。ほら、試食だ」おじいちゃんがいった。

「うまそうなにおいだな。食べたことないんだ。試食をいただこう」

つぎのお客さんはキャッツ先生だった。「タイガーリリー、助手がふたりもいていいわね！」キャッツ先生はそういうと、おじいちゃんとラッキーを見てほほえんだ。「ラッキー、なんておりこうなの。リリーのそばから離《はな》れずにじっとしていられるのね」

ラッキーは自分の名前が聞こえたほうに顔をむけ、しっぽをふった。

「ときどきクレープ――いや、エンチラーダをちょっとちぎってやっているんですよ」おじいちゃんがいった。

「ラッキーはほかの犬がいるとこうふんするんです。なにかにぶつかってけがをしたらいやだし、人ごみへ走っていって迷子《まいご》になるのも心配。でも、つれてこなくちゃって思いました。ブースを出したのはラッキーのためだから」

キャッツ先生がうなずいた。「これから動物愛護《あいご》協会のブースに行くことになってるの。でもそのまえに、庭に置くハチの家を買いにきたのよ。ふたつほしいんだけど、明るい花の絵がいいかな」

わたしはサルマがかいたとっておきの二個を手にとった。

「それより、むらさき色の小花がたくさんかいてあるのがいいわ。もうひとつは、奥《おく》のほうに置いてあるのにする。タイガーリリーの」

わたしはキャッツ先生が指さす先を見た。「でも、あれはサルマじゃなくてわたしがかいたんです」

「それならよけいにほしいわ」先生がにっこりわらった。

気をつかって買ってくれたのかもしれないけれど、それでもいい。サルマとわたしのハチの家がキャッツ先生の庭にならんでいるのを想像《そうぞう》するとてもうれしかった。

すぐにブースはお客さんでいっぱいになった。たくさんのハチの家が売れた。サルマのハチの家を買った人たちが大切にしてくれるといいな。

おじいちゃんはブルーベリー・エンチラーダの試食を用意するのでてんてこまい。試食した人はたいてい買ってくれた。

「あら、まあ！　こんなの食べたの、はじめて」ラルーさんはスプーンについたブルーベリーの具を最後までなめた。「ほんとうにおいしい」

そういってほほえむラルーさんの歯は青かったけど、わたしはわらわないようにがまんした。

MAINE《メイン》と書いてあるスウェットを着た観光客が来たので説明した。「メイソンビーのためのハチの家なんです。庭に置いたら、ハチがよってくるようになって、花や植物に受粉《じゅふん》してくれます」

その観光客はサルマのハチの家を選んだ。色とりどりのブルーベリーにひとつひとつ黄色い星がかいてある家。

「うちの画家が到着《とうちゃく》しました！」おじいちゃんがいった。

Tシャツとショートパンツに着がえたサルマがブースに来た。プリンセスの冠《かんむり》をわきにかかえ、髪型《かみがた》とイヤリングはドレスのときのままだった。

「きのうのコンテスト、すばらしかったわ。大接戦《だいせっせん》で、おしかったのよ」ラルーさんがサルマにいった。

サルマはちょっとほほえんだけれど、つくりわらいだってわたしにはわかった。おしかった負けほどくやしいものはない。優勝《ゆうしょう》を目のまえにしてドアがしまるようなものだから。

「パイ食い競争はどうだった?」わたしはサルマにきいた。

「たいへんよ。ブルーベリーを鼻につまらせる子がいたり、おとなでもパイのなかにコンタクトレンズをおとしちゃう人がいたりして」

「やだ」

「あたしはハンナのドレスをブルーベリーでよごしたらどうしようって、そればっかり心配してた。やっと返せてほっとした」そういうとサルマはにっこりした。これは心からの笑顔《えがお》だ。

それから白い封筒《ふうとう》をさしだした。「これ、リリーにあげる」

封筒《ふうとう》のなかにはフェスティバルで使える百ドル分の商品券がはいっていた。

「ブルーベリー・プリンセスがもらう商品券。フェスティバルのどのブースでも使えるから、ラッキーのために使おう」

「ありがとう!」わたしは頭のなかで計算した。さっき金庫のなかの売り上げを数えたら二百ドル以上はあった。そこに百ドル追加ってことよね。ところが商品券をよく見ると、支払先《しはらいさき》にマチャイアス動物愛護《あいご》協会と書いてある。「ちょっと待って。どういうこと？」

「目が見えない犬についていろいろ読んでいたら、ラッキーを助けるのは犬じゃないかって気がついた。犬は群《む》れでくらす習性があるから、仲間の犬がラッキーを助け、ラッキーの目になってくれるかもしれない。リリーに話そうと思っていたところへ、商品券をもらって、これは運命だと思った。だからもうたのんできた」

ぜんぜん意味がわかんない。「もう一ぴき犬をかって、ラッキーをつれてあるかせるってこと？　そんな計画じゃなかったよね。わたしはラッキーがまた見えるようになってほしいの」

「わかってる。でも調べていたら、手術《しゅじゅつ》をしてもぜったいに治るとはかぎらないって書いてあった。それにラッキーは年をとっているから危険《きけん》もある。ひょっとしたら手術《しゅじゅつ》にたえられずに――」

「商品券、ここで使ってくれればいいのに。このブースで」

「あたしはこうしたほうがラッキーのためになるし、ラッキーがよろこぶと思った」

ラッキーのためになる？「ラッキーはわたしの犬だよ」おこった口調になった。

サルマはうで組みをしていう。「あたしの商品券だよ」

いつだってラッキーのことばかり考えてきたのに、どうしてなんにもわかってないみたいにいうの？　わたしは商品券をつきかえした。「だったら、サルマが犬をかえばいい！」

サルマは口をあけたままつったっていた。

「本気じゃ――」わたしはいいなおそうとしたけれど、サルマは商品券にはさわらず、うしろをむくと人ごみのなかへ行ってしまった。

涙《なみだ》があふれてきた。ブースには家族づれの観光客がブルーベリー・エンチラーダを買いにきている。あんなことをいってしまうなんて信じられない。つい口から出てしまった。ルナがいなくなって、新しい犬はかえないって知ってるのに、あんなふうに商品券をつきかえすなんて。だけど、どうしてサルマはわかってくれないの。ラッキーの手術《しゅじゅつ》のためにずっとふたりで絵をかいてきたのに。あきらめるなんてできない！

おじいちゃんはエンチラーダにホイップクリームをかけながらいった。「リリー、わたしがいったのをおぼえてるかい。だれだって、愛する人には望みをかなえてほしいと思うものだって」

「ほんとだよ！　わたしはラッキーに見えるようになってほしいの。サルマはそれを知ってるのに」

「そうだね。リリーはラッキーの目を治したい。でもラッキーはなにを望んでいる？」

ラッキーはサルマが行ってしまった方向にじっと顔をむけていた。期待するみたいに、しっぽをときどきふる。「ラッキーも見えるようになりたがってる」

「それはどうかな。ラッキーはいまのままで満足しているように見えるよ。人が犬から学べることはある。犬は失ったことを悲しんで過去《かこ》をふりかえりはしない。『なんで、おれが？』といつまでもなげいてばかりじゃない。まえへ進んで、またうれしいことを見つけるんだ」

家族づれがエンチラーダを受けとって去っていくと、おじいちゃんはいった。「動物愛護《あいご》協会のブースで話くらいしてみてもいいんじゃないか」

「いやだ。あきらめたことになる」

「それはちがう。あきらめるのではなく解放《かいほう》するんだ。あきらめるというのは負けをみとめて去ること、解放《かいほう》はなにかを自由にすることだ。自分をしばっていたことから自由になるんだよ。そのためには強い意志《いし》とそうとうな勇気が必要になる」

わたしが頭をなでると、ラッキーはすぐしっぽをふった。「犬をもう一ぴきかうなんて、メメールがゆるすわけないよ」

「たしかめる方法はひとつ。電話をかけて、ここへよびだそう」

「お客さんが多い日に店をほうっておかないでしょ」

「いや、きっと来るよ」おじいちゃんがウインクした。「犬をもう一ぴきかうことになるかもしれないといえばとんでくるさ」

犬をもう一ぴきなんて。そんなこと、考えてもいなかった。ラッキーは友だちがいるとうれしいだろうし、犬を二ひきかうのはきっと楽しい。でも——。

「メメールはラッキーのことだって好きじゃないんだよ」

「多数決の勝利さ」おじいちゃんが商品券と金庫を手にとった。「さて、どうする？　動物愛護《あいご》協会の人と話してみるかい？」

「うん。でも話をするだけ。まだ決めてないから」わたしは看板《かんばん》をうらがえして《すこしお待ちください。すぐにもどります》と書いた。

20

フェスティバル会場の一番はしっこのブースがマチャイアス動物愛護《あいご》協会だった。リードや首輪、犬のおやつと猫《ねこ》のおやつ、人間用のTシャツなどが売られている。Tシャツには《WHO RESCUED WHOM《救われたのはどっち》》と書いてある。テーブルのむこうで、このTシャツを着た人たちがお客さんと話をしていた。すみのテーブルではキャッツ先生が白い大型犬に注射《ちゅうしゃ》をうちながら飼《か》い主のふたりと話していた。

ひきとり手を待つ犬が一ぴきもいなければいいなとちょっと思った。それなら決断《けつだん》が楽だ。もとの計画にもどればいい。

でも姿《すがた》はまだ見えていないけど、犬がいるのはわかった。ラッキーが耳をぴんと立て、首をかしげて好奇心《こうきしん》をしめしているから。ブースの横にケージがふたつあった。ひとつのケージではいろんな毛色の愛くるしい子猫《こねこ》たちがじゃれあっている。同じ母猫《ははねこ》から生まれたのだろうか、どの子猫《こねこ》も小さな緑の目と短いしっぽだった。ミーミーと鳴く子や、ケージに前足をかけて出たがる子がいる。

ラッキーはそのケージのにおいをちょっとかいだけれど、もうひとつのケージのほうによっていった。そちらには二ひきの小さな犬がいた。茶色いふわふわの毛の犬と、クリーム色の短い毛の犬。クリームの犬がこちらに来て、ケージをはさんでラッキーと鼻をくっつけ、においをかぎあい、しっぽをふる。

かわいくてたまらず、わたしもついほほえんだ。小さな三角の耳と、小さな顔のわりに大きな黒い鼻。前足をまげ、おしりをあげてしっぽをふる。遊ぼうのポーズだ。

でもラッキーは遊ぼうとさそわれても見えなかった。

「友だちになりたいの、ロージー？」ブースにいる女の人がいった。

「この犬はラッキーといいますが、目が見えないんです。こちらにラッキーと気があいそうな犬がいるかなあと孫のリリーが申しましてね。目が見えない犬を犬が助けることがあるっていう話を聞いたものですから」おじいちゃんがいった。

動物愛護《あいご》協会の女性は笑顔《えがお》になった。「ラッキーはもう友だちを見つけたみたいですね」

そういわれて見ると、ラッキーも遊ぼうのポーズをしていた。ラッキーは相手のことが見えなくても、ケージのむこうにいる小さな犬が友だちになりたがっているとわかった。

「ロージーはいい子ですよ。二歳《さい》で、とてもひとなつっこいんです。犬種ははっきりしませんが、たぶんなにかのミックスだと思います。二週間まえに来たばかりです。飼《か》い主の女性がお年をめして老人ホームに入所されたんですが、ロージーはつれていけなかったんですよ」

ロージーはいい子で、ラッキーはロージーが好きみたい。でも、一度心に決めたことを変えるのはむずかしい。「ラッキーにまえと同じになってほしいの」

「わかってる。だが、犬がもう一ぴきうちにくれば、ラッキーはこれまで知らなかった新しい経験ができるかもしれない。そう思わないか、リリー？」

そのときうしろから声がした。「犬は一ぴきでじゅうぶん！」

やっぱり。

おばあちゃんが機嫌《きげん》の悪い顔でおじいちゃんにむかってくる。「アーマンド！　どういうつもりなの。新しい犬をかうのがどんなにたいへんか忘《わす》れた？　ダニエルがラッキーをつれてかえってきたとき、しつけができるまですごく時間がかかったじゃない！　ほんとうにあなたはあの子にそっくり！　考えずに行動する！　ダニエルが犬をつれてかえってこなければ――」

「まだ子犬だったんだ。ラッキーのせいじゃない。ロージーはもう二歳《さい》だ。この先、ラッキーがいなくなったときに――」

「そうなれば、もうゴミ箱をあらされなくなるし、散歩につれていかなくてもよくなるし――」

「ラッキーがいなくなるなんていや！」わたしは胸《むね》がはりさけるくらいさけんでいた。ラッキーはロージーのそばをはなれ、わたしのところへよってくる。しっぽをさげて、わたしがさけんだのは自分のせいじゃないかって不安そうに。両耳をなでてやると、ラッキーは顔をあげた。わたしは白くくもった目をまっすぐ見る。「ごめんね。ラッキーはちっとも悪くない。

ラッキーはおかあさんがのこしてくれた最高の宝物だよ」

ラッキーがしっぽをふった。ごめんねとあやまれば、いつだってラッキーはすぐにゆるしてくれる。

顔をあげたら、おばあちゃんが目をうるませていたのでびっくりした。

おじいちゃんがうでをのばしてだきよせる。おばあちゃんはおしのけるんじゃないかと思ったら、そのまま体をあずけた。「マリー、もういろんなことから解放《かいほう》されてもいいんじゃないか。ダニエルがいたらラッキーがよろこぶことを望むはずだ。それ以上に娘のリリーがよろこぶことを望んでいるさ」

おばあちゃんが深いため息をつくと、体がしぼんだみたいに見えた。それからおばあちゃんはめがねをはずして、目をぬぐう。いつも迷《まよ》うことなんてない自信たっぷりのおばあちゃんのこんな悲しそうな姿《すがた》を、わたしは見てはいけないもののように感じていた。「もういいなんて思えない。手放したら、永遠《えいえん》に去ってしまうことだってある。そうしたら、もうとりかえせないのよ」

おばあちゃんを泣かせてしまうなんて。「メメール、愛してる」わたしは小さな声でいうのがせいいっぱいだった。

おばあちゃんがだまっているので聞こえなかったのかなと思った。でも、こっちを見たおばあちゃんの目はやさしかった。「わたしもリリーを愛してる。言葉では伝えられないくらい、リリーのことが大切なんだよ。いつだってわたしの心の真ん中にはリリーがいる」

わたしは思わずおばあちゃんにかけよった。そしたら、これまで記憶《きおく》にないくらいしっかりと長くだきしめてくれた。そのあと、おばあちゃんは大きく鼻をすすってから、めがねをかけなおした。「学校に行っているあいだ以外は、リリーがその犬の世話を全部しなさい」

それって、かっていいよってこと？　そうだよね。わたしはうなずいた。「うん、わかった」

おばあちゃんはおじいちゃんにむかって、やれやれというふうに首をふる。「これで満足でしょう。こっちは犬が二ひきなんて頭がおかしくなりそうだけど」

おじいちゃんが犬をひきとる書類にサインをし、ラッキーはケージのあいだからロージーの鼻をなめた。そのとき、わたしはわかった。目が見えないことよりもっとつらいことがあるって。ひとりぼっちになるほうがつらい。ずっと後悔《こうかい》するほうがつらい。そして愛するだれかを失うほうがもっとつらい。

「ペペール、うちに帰ったら手伝ってほしいことがあるの」

計画を話すと、おじいちゃんはほほえんだ。「それはいい考えだ」

わたしはサルマをさがしてフェスティバル会場のなかを歩きまわった。でもどこにもいなかった。だから家へ帰るとちゅう、ロージーをつれてキャンプによった。せまい小屋に犬を二ひきもいれてサルマの家族をこまらせたくないので、おじいちゃんにはラッキーとトラックで待ってもらった。サルマはわたしとまだ話したいって思ってくれるかな。「おいで、ロージー」

ノックをすると、サルマのおかあさんが出てきた。

「サルマと話をしなくちゃいけないんです。お願いします」

おかあさんがわきによけると、サルマはベッドにすわっていた。

「ほんとうにごめんなさい。サルマはどうしたらラッキーがよろこぶかを知ってたんだよね」

ロージーがリードをひっぱる。わたしがリードをおとすと、ロージーは走りだし、ベッドへとびのった。犬に顔をなめられて、おこっていられる人はいない。

おまけに手をなめられたら。

さらに首もなめられたら。

とうとうサルマはちょっとわらい、やがて顔じゅうでわらった。「リリーが選んだのがこの子だったらいいな」

「選んだのはラッキーだよ。ロージーっていう名前を自分でもわかってるみたいだから、そのままロージーってよぶことにした。でもね、ミドルネームをつけたの。この子の正式な名前は、ロージー・ルナ・サルマ・サンティアゴ・デュモン」

サルマはロージー・ルナ・サルマ・サンティアゴ・デュモンの頭にキスをした。「いい名前」

そういってからベッドの下に手をいれ、ブルーベリー・プリンセスの冠《かんむり》をとりだした。

「ロージー・ルナ・サルマ・サンティアゴ・デュモン姫《ひめ》さま！」サルマはロージーの頭に冠《かんむり》

をかぶせた。
ごめんねとあやまる気持ちがあれば、犬はいつだってゆるしてくれる。
それは星友も同じ。

21

ブルーベリーの収穫期《しゅうかくき》が終わると、畑は赤い葉と茶色い枝《えだ》ばかりになる。秋にはつぎの収穫期《しゅうかくき》にそなえて一年ごとに刈《か》りとるか焼いて手入れをする。収穫《しゅうかく》した実は冷凍《れいとう》や缶詰《かんづめ》、ドライフルーツにして送りだし、マフィンやパンケーキなどいろんな食べものになる。世界のあちこちで、袋《ふくろ》やびんをあけながら、ここにはいっている実はどこでとれたのだろう、どんなに長い距離《きょり》を旅してきたのだろう、食卓《しょくたく》にとどくまでどれほどたくさんの人の手にかかってきたのだろうって思ってくれるかな。そして、たくさんの人の手のなかには子どもの手もあると知ったらびっくりするかな。

気にする人もいれば、気にしない人もいるだろう。おじいちゃんがいつもいうとおり、「世界はいろんな人たちでできている」ってこと。

毎年、ウィンスロップさんがブルーベリー・シーズンの終わりを告げたあと、農場ではブルーベリー杯《はい》というサッカーの試合をしてお祝いする。労働者たちはどの地域《ちいき》から来ているかでチーム分けされる。前年のブルーベリー杯優勝《はいゆうしょう》チームは戦わずに決勝戦に進出する。去年はホンジュラス・チームが優勝《ゆうしょう》したので、今年はまずアメリカ・チーム対メキシコ・チームの試合からはじまる。

「カナダ・チームもつくろうとしたけど、人数が足りなかったんだよね」サルマがいった。

わたしは試合をすわって見ようと、毛布《もうふ》をひろげ、まずラッキーとロージーをすわらせた。どこかに逃《に》げださないように二ひきのリードをわたしの足首にまきつけてからすわった。

「ロージーとラッキーが仲よくなってほんとによかった」サルマは二ひきのおなかを同時になでた。

「キャッツ先生がね、ラッキーはロージーのあとをすごくじょうずについて歩くから、遠くから見たら目が見えないとはだれも思わないっていうんだよ」

最初はラッキーがあまりにもロージーをすんなり受けいれてちょっと傷《きず》ついた。もちろんそうなるように願っていたのだけど、これまでわたしだけをたよっていたラッキーがいなくなったみたいでさびしかった。でも、だんだん、ロージーにまかせればいいんだと納得《なっとく》するようになった。

ある朝のこと、おばあちゃんが朝ごはんをつくりながら、ロージーとラッキーにベーコンをやっているのを目撃《もくげき》してしまった。おばあちゃんはわたしが見てるとは思ってなかったみたい。ベーコンのお礼をいうと、「おちただけだよ」っていう。

でも、そういってから、おばあちゃんはにっとわらった。おちたなんて、見えすいたウソをつくんだから。

「サルマにわたすものがあるの」わたしはバックパックに手をのばした。

サルマがおなかをなでる手を止めると、ラッキーはもっとお願いというように、前足をのばして宙《ちゅう》をかいた。「ハチの家が売れたお金を全部、ペペールが貯蓄債券《ちょちくさいけん》にしてきてくれた」わたしは封筒《ふうとう》をさしだした。

サルマは受けとらなかった。「そんなことしなくていい」

「ふたりでかせいだお金だから」わたしは封筒《ふうとう》をサルマのひざに置いた。「学費はこれじゃ足りないけど、きっかけにして」

サルマは封筒《ふうとう》をなでる。

「口座が必要だから、ペペールがつくってくれたよ。コンテストの申込書《もうしこみしょ》をコピーしたでしょ。あれに書いてあった社会保障《ほしょう》番号を使った。封筒《ふうとう》に証書《しょうしょ》がはいってる。くわしいことはそこに全部書いてあるから」わたしはまたバックパックをあけた。「それと、もうひとつあるの。こっちはいいものじゃないんだけど」小さなノートと鉛筆《えんぴつ》をとりだす。「サッカーの試合の合間とか、試合にあきたときに、分数のたし算とひき算を教えてあげる」

サルマはいやそうな顔をした。「やらなきゃだめ？」

「うん。大学へ行きたいなら、分数から逃《に》げてはいられないよ」わたしはさっさとノートをひらいて、サルマが言い訳《わけ》を思いつかないようにした。「むずかしいと思うのは、ちゃんと習ってないから」

グラウンドではアメリカ・チームとメキシコ・チームが試合をし、ラッキーとロージーは日をあびて昼寝《ひるね》をしている。サルマは分母をそろえる練習をした。

サッカーの試合はつづき、わたしは分数の問題をむずかしくしていった。するとサルマはむしゃくしゃしていう。「なんでこんなにややこしいの？　むずかしすぎるよ」

「算数はそういうものなの。でも算数にもいいところがあるよ。解《と》き方をおぼえてしまえば、それが変わることはない。ずっと同じ解《と》き方をすればいいの」

ホンジュラス・チームがウォームアップをはじめるころには、サルマは自分で問題を解《と》けるようになっていた。「最初に思ったほどむずかしくないね」

「そうでしょ。いっしょに勉強したページをちぎってあげるから、持っていって。忘《わす》れたときはこの例題を見て思い出してね」

「ありがとう。あたしもリリーにわたすものがあるんだ」サルマは鉛筆《えんぴつ》を置いた。「大きいものなの。ここにいて。とってくる」

サルマを待ちながら、グラウンドでいきおいよくけられるサッカーボールをながめていた。前年の優勝《ゆうしょう》チームは一試合に出るだけでいいなんて不公平だよね。相手チームはさっき試合を終えたばかりでつかれているはずだもの。でもそれが人生なんだろうな。公平じゃないこともあるけど、顔をあげて、とにかく自分のベストをつくすしかない。

サルマが大きな紙をかかえてもどってきた。なにかかいてあるのだろうけど、うらむきにして体にぴたりとつけているので見えない。「ウィンスロップさんがコンテストのときのハチの家をすごく気にいったから、事務所《じむしょ》にかざる絵をかいてほしいっていったの。絵の具と紙を買ってくれて、かいた絵にもお金をはらってくれたんだよ。ウィンスロップさんにはブルーベリー畑の絵を二枚かいた。それからリリーにはこの絵」サルマはそういうと絵をこちらにむけた。「あたしのことを忘《わす》れないように」

黒い犬とクリーム色の犬と真っ白な犬の絵。星がいっぱいの夜空の下、三びきがブルーベリー畑を走っている。畑のわきの道ぞいにならんでいるのはタイガーリリーの花。

「今年の冬は星を見あげて、メインにいるリリーがラッキーとロージーといっしょに雪遊びをしているのを想像《そうぞう》するよ」

「じゃあ、わたしはショートパンツにビーチサンダルのサルマがフロリダできれいな絵をかいているのを想像《そうぞう》するね」わたしは絵に手をのばしながら、ルナが絵から走りでて、サルマの家の階段《かいだん》をかけあがるのも想像《そうぞう》した。長いあいだるすにしていたけど、ただいまって。

それから、天国のおかあさんが絵のなかに咲《さ》くタイガーリリーを見てほほえんでいるのも想像《そうぞう》した。

絵をよく見て気がついた。犬の足もとや、畑のわきの道のそば、タイガーリリーのまわりにも、一面に広がるブルーベリーはいろんな色でかかれている。赤、ピンク、むらさき、黒、青、白、しま模様《もよう》の実もある。

そして小さなブルーベリーの実ひとつひとつには小さな黄色い点。

銀河でたくさんの星がかがやいているみたいだった。

◉作者　シンシア・ロード（Cynthia Lord）

児童書作家。デビュー作『ルール！』（主婦の友社）で、2007年ニューベリー賞オナーに選ばれた。米国ニューハンプシャー州出身で、現在は本書の舞台、メイン州に在住。教師、行動障害スペシャリスト、書籍販売などを経て、作家に。

シンシア・ロード公式サイト　http://www.cynthialord.com/

◉翻訳　吉井知代子（よしい ちよこ）

翻訳家。奈良県出身。大阪市立大学文学部卒業。兵庫県在住。主な訳書に『ホイッパーウィル川の伝説』『キノコ雲に追われて　二重被爆者９人の証言』（ともに、あすなろ書房）、『救助犬ベア　9.11ニューヨーク　グラウンド・ゼロの記憶』（金の星社）、などがある。

◉画家　丹地陽子（たんじ ようこ）

三重県生まれ。東京芸術大学美術学部卒業。書籍の装画や雑誌の挿画を中心に活躍している。挿画の作品に『夏のとびら』『竜の木の約束』（ともに、あかね書房）、『文学少年と書を喰う少女』（ポプラ社）、『透明犬メイ』（岩崎書店）など多数ある。

装丁：白水あかね

協力：有限会社シーモア

星を見あげたふたりの夏

2018年8月15日　初版発行

作　者　シンシア・ロード
訳　者　吉井知代子
画　家　丹地陽子
発行者　岡本光晴
発行所　株式会社あかね書房
〒101-0065　東京都千代田区西神田 3-2-1
電　話　営業(03)3263-0641　編集(03)3263-0644
印刷所　図書印刷株式会社
製本所　株式会社難波製本
NDC 933　224ページ　20 cm

ISBN978-4-251-06573-5
落丁・乱丁本はお取りかえいたします。定価はカバーに表示してあります。
http://www.akaneshobo.co.jp